DANS LES NUAGES

HISTOIRES EN L'AIR.

Par M. Théodore MICHEL.

LOUVIERS,
Imprimerie de Mlle BOUSSARD et Frère.
1855.

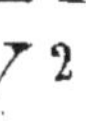

DANS LES NUAGES

HISTOIRES EN L'AIR.

Par M. Théodore MICHEL.

LOUVIERS,
Imprimerie de Mlle BOUSSARD et Frère.
1855.

DANS LES NUAGES.

HISTOIRES EN L'AIR.

I.

AVANT DE QUITTER LA TERRE.

Vers le milieu d'une des plus belles journées du printemps dernier, je fus distrait d'une lecture des plus attrayantes par un bruit inaccoutumé, qui s'éleva tout à coup de la cour de la maison dont j'occupe une petite partie. Curieux de connaître la cause de ce bruit, je fermai mon livre et je m'approchai de la fenêtre. J'aperçus alors un magnifique cheval arabe, richement caparaçonné, et monté par un superbe kabyle, drapé majestueusement dans les larges plis d'un burnous blanc comme de la neige.

Le cavalier sauta lestement à bas de son cheval, et présenta une lettre au concierge qui venait de sortir de sa loge. Celui-ci en lut attentivement la suscription, puis il donna quelques indications que je ne pus entendre, et que le kabyle me parut comprendre assez difficilement.

Cependant, je le vis se diriger vers l'escalier, et il en avait à peine franchi les premiers degrés, que le Cerbère, se précipitant sur ses traces, lui cria vivement :

— Il y a un paillasson à la porte.... Essuyez vos pieds avant d'entrer.

Mon appartement étant le seul de la maison qui fût frotté par le concierge, je compris, à cette recommandation, que la lettre était pour moi.

En effet, un instant après, ma sonnette fut violemment agitée.

N'ayant pas de groom à ma disposition, je m'empressai d'aller ouvrir.

— *Good day Sir*, me dit le kabyle en me présentant la missive qu'il avait à me remettre.

— Diable! pensai-je, il paraît que ce fils du désert est un anglais.

Ma surprise cessa, quand je sus qu'il appartenait à l'Hippodrome; car le directeur de ce vaste établissement dénaturalise tous les sujets qu'il engage. Il suffit qu'un de ses *artistes* soit allemand, pour qu'il le donne au public, toujours crédule, comme chinois ou américain. Il arrive même souvent que ces prétendus histrions étrangers ont reçu le jour dans un bouge du quartier Croulebarbe, ou dans une mansarde du *Faubourg-Antoine*.

Singulière société que la nôtre ou, au théâtre comme à la ville, le principal mérite de presque tous les hommes consiste à paraître n'être pas ce qu'ils sont.

La lettre m'était adressée par Toutain, l'intrépide aéronaute. Elle était ainsi conçue :

« Veux-tu faire aujourd'hui une promenade aérienne de quel-
» ques heures? Je t'offre une place dans la nacelle de *l'Aigle*.
» Si tu acceptes, réponds un *Oui* bien articulé au porteur, qui
» sans cela, ne pourrait te comprendre, et trouve-toi à quatre
» heures et demie, au plus tard, à l'Hippodrome.
» A toi de cœur,
» TOUTAIN. »

— Oui, criai-je au faux kabyle, après avoir lu la lettre et en lui glissant une pièce de vingt sous dans la main.

Il me fit un signe de remerciement et s'éloigna en me disant :

— *Good evening, sir.*

Je déjeûnai copieusement, soin que tout voyageur prévoyant

ne doit pas négliger; puis, après quelques moments de repos accordés à la digestion, je m'habillai, et comme trois heures et demie sonnaient au séminaire de St-Sulpice, je me dirigeai vers l'Hippodrome.

J'arrivai au rendez-vous à l'heure qui m'avait été indiquée. En entrant dans la vaste arène de planches et de toiles, j'aperçus le ballon *l'Aigle*, tout appareillé et n'attendant plus, pour partir, que la fin des exercices. Je distinguai bientôt Toutain dont la tête dépassait toutes les autres têtes. Ancien sous-officier de carabiniers, Toutain a conservé dans sa démarche et son langage quelque chose de cassant, et de crânement troubabour qui donne un cachet tout particulier à sa robuste personne. Placé à peu de distance de son ballon, il l'examinait attentivement, et lui lançait des regards remplis d'une martiale tendresse. C'est que son aérostat est pour lui un confident et un ami. Lorsqu'il se trouve seul au-dessous de lui, par de-là les nuages, il lui parle comme un amant parle à son amante; il l'aime comme le marin aime son vaisseau, comme l'arabe aime son cheval, comme nos vieux grognards de l'empire aimaient leur empereur et leur drapeau.

Dès que Toutain m'aperçut, il vint à ma rencontre; puis, m'emmenant près de son ballon, il me présenta à un jeune homme qui devait nous accompagner dans notre ascension.

Ce jeune homme se nommait le vicomte de Champdieu. C'était un voyageur infatigable. A peine âgé de trente ans, il avait déjà fait deux fois le tour du monde. Arrivé seulement depuis la veille à Paris, et venant de terminer un voyage de deux années dans l'Inde, il avait voulu, avant d'aller goûter un peu de repos dans sa famille, voyager dans les plaines de l'air qu'il n'avait pas encore visitées

On se lie vite dans le cours d'un voyage ordinaire; on se lie plus vite encore, et plus étroitement, en voyageant entre la terre et les cieux. Avant le départ notre connaissance était déjà faite. Nous causions amicalement tous trois, lorsque un employé de l'Hippodrome vint prévenir Toutain que quelqu'un le demandait au contrôle. Il s'éloigna aussitôt, en s'excusant de nous quitter; mais, un moment après, je le vis reparaître, accompagné d'un individu de petite taille, et doué, ou plutôt, affligé d'un abdomen si exubérant qu'il aurait pu, suivant l'expression de tous les paillasses, le porter sur une brouette.

— Messieurs, nous dit Toutain en nous montrant le nouveau venu, je vous présente mon excellent voisin, M. Briochet, qui a bien voulu rompre aujourd'hui avec ses habitudes casanières, pour être présent à notre ascension.

M. Briochet rougit jusqu'au blanc des yeux, comme on dit vulgairement ; il nous salua aussi bas que son ventre monstrueux le lui permit, c'est-à-dire qu'il s'inclina légèrement ; puis il tira un mouchoir d'une poche de son paletot, pour essuyer la sueur qui coulait à flots sur ses joues si rebondies qu'elles permettaient à peine de découvrir ses petits yeux.

Celà fait, l'homme au gros ventre contempla avec un profond étonnement l'aérostat. En apercevant la nacelle, il se tourna vers Toutain, et lui dit avec un accent de frayeur des plus grotesques :

— Et c'est dans ce panier d'osier que vous osez vous élever dans les airs ?

— Oui, voisin Briochet, répondit l'aéronaute en souriant de son épouvante.

— Oh ! reprit Briochet en se reculant malgré lui, rien au monde ne pourrait me décider à vous accompagner dans un tel voyage.

— Vous ne savez pas ce qui est bon, voisin ; on est mille fois mieux là-haut que sur le plancher des vaches, comme disent les paysans.

— Le plancher des vaches... mais je m'y trouve fort bien, moi... et j'y resterai le plus longtemps que je pourrai.

— Et vous ferez bien, voisin ; car, avec vos idées, vous ne le quitterez que pour descendre dessous... et c'est un voyage peu divertissant !... Je préfère aller au-dessus, moi.

Briochet frissonna et cessa de regarder le ballon. Il me parut si grotesquement ridicule, que je ne pus m'empêcher de suivre ses mouvements. Pendant un moment, il promena ses regards sur la foule qui nous entourait. Toute sa personne exprimait une véritable joie d'enfant. Tout-à-coup ses yeux s'arrêtèrent avec une étrange fixité sur une loge située au-dessus de l'entrée de l'Hippodrome. Je le vis pâlir, sa canne échappa de ses mains... puis se jetant brusquement derrière le vicomte de Champdieu et Toutain, il s'écria d'une voix presque inintelligible :

— Je suis perdu !

Toutain se tourna vivement de son côté et, apercevant ses trais bouleversés, il lui dit :

— Qu'avez-vous donc, voisin?

— Je suis mort! exclama le malheureux Briochet.

— Allons donc, les morts ne parlent pas, répondit Toutain en se reculant pour mieux l'admirer.

— Cachez-moi ! par grâce! cachez-moi! Je vous en supplie... Ne m'abandonnez pas!...

— Mais que craignez-vous?

— Ma femme! balbutia Briochet, ramenant Toutain près du vicomte et se plaçant derrière eux.

— Comment, voisin, vous êtes marié?

— Hélas!... oui... je suis marié... Oh! mon Dieu! je suis perdu si elle m'aperçoit... Et maître Flageollet qui l'accompagne... O! malheureux Briochet, c'est fait de toi... Où me mettre, mon Dieu?... où me mettre?

— Venez, dit Toutain, je vais vous donner une cachette où ils ne viendront pas vous chercher.

Il l'amena près de la nacelle, et le pauvre diable qui, un moment avant, avait montré tant de répugnance pour ce panier d'osier, entra dedans, non sans peine, il faut le dire, et se blotit le mieux qu'il put dans le fond.

— Ne bougez pas, lui dit Toutain, ici vous n'avez rien à craindre.

Briochet ne répondit pas; il était tellement épouvanté qu'il resta sans faire le moindre mouvement, n'entendant plus rien de ce qui se disait autour de lui... Il était passé à l'état de momie.

En ce moment, le dernier exercice hippique finissait. Le Directeur donna le signal du départ.

— Montez, nous dit Toutain, dépêchez, dépêchez, Briochet sera de la partie.

— Mais il mourra de frayeur, répondit le vicomte de Champdieu.

— Allez toujours, j'en réponds... C'est mon affaire, reprit Toutain en nous poussant devant lui.

Nous nous hissâmes dans la nacelle, et fîmes, mais inutilement, notre possible pour ne pas marcher sur le corps de Briochet. Le malheureux ne proféra pas une plainte et parut ne pas sentir notre poids. Toutain grimpa aussitôt dans le cercle qui réunit les cordes du filet et celles de la nacelle, et là, placé comme sur un banc de commandement, il s'écria :

— Lâchez tout.

Et l'aérostat, débarrassé des étreintes qui le retenaient à la terre, s'éleva majestueusement aux applaudissement de la foule.

II.

L'ASCENSION.

Les sensations que l'on éprouve au moment d'une ascension sont très-variées. Comme en toute autre chose où il y a quelque péril à redouter, l'émotion est plus ou moins vive, selon que l'on est plus ou moins facile à impressionner. « Le seul sentiment qui domine, dit M. Julien Turgan dans son intéressant ouvrage sur les ballons, est une impatience inouie de partir, et une frayeur extrême qu'un accident quelconque vienne empêcher l'ascension. » C'est aussi ce que plusieurs personnes m'ont dit avoir éprouvé. Je suis forcé de citer les sensations des autres; car l'incident causé par la frayeur du craintif Briochet en reconnaissant sa femme, nous avait préoccupés au point que nous avions complètement oublié notre voyage aérien. Toute notre attention se trouvait concentrée sur l'énorme victime que nous avions sous les pieds, et qui nous aurait réellement inquiétés si un ronflement des plus sonores n'était enfin venu nous tirer d'inquiétude à son égard.

— Il dort, s'écria M. de Champdieu, en me faisant signe de me renfoncer comme lui sur ma banquette, pour ne plus peser sur le trop timide époux.

Il était arrivé à Briochet ce qui, à la suite d'une scène violente, arrive d'ordinaire aux personnes chez lesquelles le système nerveux prédomine : il s'était endormi d'un sommeil pénible et agité.

N'ayant plus de crainte sur son compte, nous jetâmes les yeux au-dessous de nous. Qu'on juge de notre surprise en apercevant le panorama le plus grandiose qui se puisse voir. Nous nous élevions sans mouvements, sans secousses; la terre paraissait s'enfuir sous nos pieds. Les maisons, les jardins, les routes, les voitures, diminuaient graduellement, se rapetissaient sans cesse. Les nombreux promeneurs des Champs-Élysées revêtirent des formes mycroscopiques ; on eût dit une immense fourmilière en mouvement. Le temps était calme, quelques nuages blancs et diaphanes comme de la gaze voilaient à peine, çà et là, le limpide azur du firmament. Aucun souffle ne courant dans l'atmosphère, nous montions perpendiculairement, mais sans rapidité, car la force ascensionnelle de *l'Aigle* était devenue presque nulle, par suite de l'addition inopinée du ventru Briochet. Arrivé à une certaine élévation, l'aérostat demeura un moment stationnaire; mais bientôt, une légère brise s'étant fait sentir, il se dirigea vers Passy.

Tout en admirant son ballon, auquel les rayons du soleil donnaient une superbe teinte pourprée, Toutain, toujours huché dans le cercle, nous faisait complaisamment remarquer les parties les plus brillantes du vaste et imposant tableau qui s'étendait sous nos yeux. En passant au-dessus de Passy, il nous désigna, dans une rue qui nous parut large d'environ trois centimètres, une maison grosse comme un dez à jouer, en nous disant que notre poète national, Béranger, l'avait longtemps habitée.

— C'est la rue Vineuse, demanda M. de Champdieu?

— Oui, répondit Toutain.

— Cela me rappelle, reprit le vicomte, qu'il y a deux jours, en dînant à Dijon, j'entendis raconter une anecdote dans laquelle cette rue et Béranger jouent un rôle.

— Ne pourriez-vous nous la dire, lui demandai-je?

— Je puis faire mieux... J'ai sur moi, je le crois du moins, un exemplaire de cette anecdote qui est imprimée, et que je me suis procuré pour le joindre à mon journal de voyage.

M. de Champdieu tira aussitôt d'une des poches de son palletot un opuscule qu'il se prépara à nous lire.

— Attendez, s'écria Toutain, je suis mal ici pour entendre... Puis, pour éviter toute distraction, nous allons nous élever au-dessus des nuages.

Cela dit, l'aéronaute se laissa glisser dans la nacelle. Il prit ensuite un sac de leste qu'il vida; le ballon s'éleva austitôt. Quelques minutes après nous ne distinguions plus rien de la terre.

— Maintenant, vous pouvez commencer, dit Toutain en s'asseyant près de moi... Nous sommes tout oreille, excepté mon voisin Briochet, bien entendu.

— Le vicomte tourna la couverture de l'opuscule et lut ce qui suit :

III.

LES TRENTE SOUS DE BÉRANGER.

Pan ! pan ! pan !

— Qui est-là?

— C'est moi...

— Qui vous?

— Moi... Bottmann... Je vous apporte les souliers que vous m'avez commandés il y a deux jours.

— Ah ! très-bien !... Vous venez un peu matin, mais c'est égal... Le temps de prendre mes pantoufles... Vous permettez, M. Bottmann?...

— Certainement, Monsieur...

Ce dialogue avait lieu, par une matinée d'hiver, au second étage de l'hôtel de Nantes, cette haute maison qui s'élevait d'une manière si disgracieuse auprès des Tuileries.

Au bout d'un instant la porte s'entr'ouvrit, et Bottmann, ramassant une bougie et des souliers qu'il avait posés à terre, pénétra dans la chambre de son client.

— J'ai bien l'honneur de vous saluer, Monsieur... Monsieur... Ma foi, mille pardons... mais votre nom m'échappe...

— M. Richard, dit celui que le vieux cordonnier venait d'éveiller, en répondant à sa salutation par un signe de tête.

— C'est cela... Maudite mémoire... J'ai pourtant dit votre nom, il n'y qu'un instant, pour entrer dans l'hôtel.

— La mémoire n'échoit pas à tout le monde, Monsieur Bottmann; mais dites-moi, je vous prie, par quel hazard vous m'apportez mes souliers si matin.

— Voici pourquoi, Monsieur Richard... Je dois être rendu avant sept heures chez une ancienne pratique qui demeure hors la barrière...Et la barrière, voyez-vous, c'est comme la prison : on sait quand on y va, mais on ignore toujours quand l'on en revient.

— Je comprends, Monsieur Bottman, vous m'avez mis au premier rang de peur de m'oublier en me laissant au second.

— Vous avez mis le nez dessus, Monsieur Richard.

— Et chez qui allez-vous donc de si bonne heure?

— Chez qui?... Je vous le donne en cent.

— Vous pourriez même me le donner en mille ; car, ne venant à Paris qu'une fois l'an pour mon commerce, j'y connais fort peu de personnes.

— C'est possible, mais l'individu chez qui je vais est connu de tout le monde.

— C'est donc une célébrité?

— Comme vous le dites.

— Et vous le nommez? demanda curieusement M. Richard.

— J'ai déjà eu l'honneur de vous dire que je vous le donnais en cent.

— Et moi, celui de vous répondre que je ne connais personne à Paris, hors les épiciers auxquels je vends ma moutarde.

— Ah ! Monsieur est moutardier, fit Bottman en s'inclinant.

— Pour vous servir, répliqua M. Richard en s'inclinant à son tour ; premier moutardier de Dijon, sinon du pape... La meilleure fabrique enfin... Mais revenons à votre ancienne pratique. Elle se nomme?

— Ah ! devinez!

— Mais si je ne la connais pas.

— Vous la connaissez... J'en suis convaincu.

— Voyons, fit M. Richard en réfléchissant... Serait-ce un général!

— Non.

— Un magistrat ?

— Pas plus.

— Un député?

— Mieux que ça.

— Un pair de France, alors?

— Vous vous éloignez.

— Un ministre?

— Il n'est pas du bois dont on les fait.

— Mais qu'est-ce donc?... Ha ! un académicien, peut-être?

— Beaucoup de gens prétendent qu'il devrait l'être... mais ce serait malheureux, il a tant d'esprit...

— C'est donc un auteur?

— Vous brûlez.

— C'est donc...

— Lui-même.

— Qui?

— Comment! vous n'avez pas deviné?

— Nullement.

— C'est incroyable! exclama Bottmann; je vous désigne un homme célèbre, un auteur qui n'est ni député, ni pair de France, ni académicien et vous ne nommez pas Béranger!

— Béranger! s'écria M. Richard en joignant les mains avec admiration.

— Oui, Béranger!

— Béranger le poète, le chansonnier?

— Oui, le poète! le chansonnier! répéta Bottmann en appuyant sur ces deux mots.

— Et vous allez chez lui ce matin?

— J'y serai avant deux heures.

— Vous ne plaisantez pas?

— Aucunement!

M. Richard regarda le vieux cordonnier avec une attention profonde. On eût dit qu'il voulait s'assurer, en examinant la figure de son interlocuteur, de la véracité des paroles qu'il venait d'entendre.. Il paraît que le résultat de cet examen fut favorable à Bottmann; car, après un moment de silence, il lui dit d'une voix mal assurée.

— Vous pourriez me rendre bien heureux, Monsieur Bottmann!

— En faisant quoi, Monsieur Richard?

Ce dernier hésita durant quelques secondes, puis, prenant une courageuse résolution, il ajouta :

— En m'emmenant avec vous chez Béranger!

— Et pourquoi faire?

Cette interrogation inattendue déconcerta complètement le dijonnais, et ce fut en rougissant comme une jeune fille qu'il murmura :

— Pour le voir!

— Ho! la bonne farce, exclama le vieux Bottmann, en cherchant à réprimer l'éclat de rire qui le prenait à la gorge,.... croyez-vous que son visage soit autrement fait que celui des autres hommes?

— Non, reprit M. Richard d'un ton piqué; il faudrait être beaunois pour cela.

— Que lui voulez-vous donc?

— Je vous le répète : le voir !

— Parce que ?

— Parce que j'aime ses chants glorieux, dont ma mémoire est pleine !... Parce que son génie m'enthousiasme !... Parce que..... parce que... enfin parce que je veux le voir, quoi ?

— A la bonne heure, voici des raisons... Et ce n'est que pour ça ?

— Oui ! répondit M. Richard, comme si, pour prononcer ce monosyllable, il lui eût fallu faire un effort héroïque.

— Alors, Béranger serait bien à plaindre, si chacun vous ressemblait réplíqua Bottmann ; car si tous ceux qui aiment ses chants, si tous ceux que son génie enthousiasme voulaient le voir, toute la France irait le visiter.

— Eh ! je sais cela, reprit M. Richard avec un mouvement d'impatience ; que voulez-vous ; c'est un vieux désir dont je ne puis me rendre compte... Chaque fois que je viens à Paris, je cherche à le voir... Mais c'est en vain que je tourne mes pas vers Passy et que je rôde aux environs de sa demeure, le hasard ne daigne pas me favoriser... Oui, Monsieur Bottmann, c'est ainsi... et, s'il faut tout vous dire, c'est à cet ardent désir que vous êtes redevable de ma pratique ; sans les nombreuses courses qu'il m'occasionne, mes souliers auraient pu je pense, aller encore jusqu'à Dijon.

— Allons ! le proverbe n'est pas menteur, dit le vieux cordonnier, en ricanant dans sa barbe : « A quelque chose malheur est bon. » Puis il ajouta d'un ton de voix très encourageant pour M. Richard.

— Vous seriez donc bien heureux de le voir ?

— Osez-vous me faire cette question, M. Bottmann ? Oh que de reconnaissance je vous conserverais si vous vous vouliez me procurer un aussi grand bonheur !...

— Je ne demanderais pas mieux, Monsieur Richard ; mais la chose est assez difficile... et...

— Aimez-vous le bourgogne ? interrompit brusquement ce dernier ?

A cette question, Bottmann abandonna sa phrase, et, jetant un regard scrutateur sur le dijonnais, il répondit :

— Je l'adore !

— Eh ! bien, je vous en paie une bonne bouteille, si vous voulez me satisfaire.

— Ma foi, Monsieur Richard vous demandez les choses d'une telle façon qu'on ne peut vous les refuser.... Cependant...

— J'en paierai deux bouteilles, se hâta d'ajouter M. Richard en entendant le mot *cependant* sortir de la bouche du vieux cordonnier.

— Allons, c'est entendu, reprit Bottmann, deux bouteilles de bourgogne et le déjeûner.

— Pardon, interrompit de nouveau le dijonnais... Est-ce que j'ai parlé de déjeûner?

— Sans doute, Monsieur Richard, vous en avez même parlé à deux reprises.

— C'est étrange, fit M. Richard, j'ai complètement oublié cette convention... Mais enfin, ajouta-t-il en soupirant, puisque vous m'assurez que j'en ai parlé, je ne dois pas m'en dédire.

Et, comme il était encore en chemise et en caleçon, il s'habilla avec célérité.

Pendant un moment, Bottman le regarda faire en silence ; mais quand il le vit endosser une superbe rédingote en drap bleu, il s'écria :

— Halte-là... Il ne faut pas que le compagnon soit mieux vêtu que le patron.

— Que voulez-vous dire, demanda M. Richard avec étonnement?

— Je veux dire que je puis mener un de mes ouvriers chez Béranger... mais que pour un bourgeois, c'est autre chose....

— Pourquoi donc?

— Parce que Béranger, qui est accablé de visites, pourrait trouver cela mauvais.

— Que faut-il faire ?

— D'abord, prendre sous votre bras les souliers que voici et que vous essairez plus tard; puis six autres paires qui sont en bas... Vous serez censément mon compagnon ; pour cela il ne faut donc pas être si bien vêtu.

— Mais je n'ai ici que cette rédingote et une mauvaise blouse de voyage.

— Une blouse ! exclama le cordonnier en se frottant les

mains, une blouse! c'est parfait!... Enfilez-la vivement, et en route!

Une heure environ après cet entretien, MM. Richard et Bottmann entraient dans Passy. Arrivés à la rue Vineuse, ils la suivirent jusqu'à une maison de modeste apparence portant le numéro 15.

— C'est ici, dit Bottmann en s'arrêtant et en tirant le cordon de la sonnette.

— Ici! balbutia M. Richard qui, accablé sous le poids de son émotion, s'appuya contre la muraille pour soulager ses jambes fléchissant sous lui.

Au bout d'un moment, la porte s'ouvrit, et une femme grande et forte dit en souriant à Bottmann :

— Montez, Monsieur, IL vous attend.

Bottmann fit signe à son prétendu compagnon d'ouvrir la marche; mais comme celui-ci ne paraissait pas le comprendre, il le poussa rudement par l'épaule en criant :

— Allons, beaunois, marche donc.

En s'entendant, appliquer l'épithète de beaunois, que Piron a rendue si célèbre, notre dijonnais sentit monter à son nez une assez forte dose des produits de sa fabrique. Il fit un mouvement de colère, comme pour se venger d'une pareille offense; mais, en élevant le bras, il laissa tomber les souliers dont Bottmann l'avait chargé, et le bruit de leur chute lui rappela ce qu'il était pour le moment. Il se baissa sans mot dire, ramassa promptement son fardeau et, suivant son patron qui avait pris le devant, il arriva au deuxième et dernier étage de la maison.

C'était là que logeait Béranger.

Bottmann ayant ouvert discrètement une porte de sapin, ils se trouvèrent dans un petit corridor tirant le jour d'une fenêtre placée à son extrémité; au milieu il y avait une simple table de noyer sur laquelle étaient posés un pot à l'eau et sa cuvette; à l'entrée se trouvaient deux portes parallèles; celle de gauche, étant entr'ouverte, laissait apercevoir une mansarde garnie de rayons de bois blanc sur lesquels étaient rangés des volumes de toutes couleurs, de tous formats : c'était la bibliothèque du poète; bibliothèque composée d'ouvrages sublimes et médiocres; de bouquins et de chefs-d'œuvre. Les uns portaient les noms de nos écrivains les plus célèbres; les autres, ceux d'une foule d'*incompris* et surtout d'*incomprises* qui les avaient adressés au chantre de Lisette, afin d'en obtenir une de ces lettres louangeuses qu'il tourne si spirituellement, et qui chatouillent si délicieusement l'amour-propre exagéré des médiocrités poétiques et littéraires. La porte de droite était fermée; mais lorsque Bottmann y eut frappé trois légers coups, une voix douce et légèrement grasseyante lui cria :

— Entrez!

Bottmann tourna la clé, et le maître et le compagnon se trouvèrent en présence de Béranger.

En ce moment l'émotion de M. Richard fut à son comble. Ses yeux s'obscurcirent, sa respiration s'arrêta, ses genoux se battirent ensemble.

Heureusement pour lui, Béranger s'occupait de sa chaussure que Bottmann, accroupi à ses pieds, lui essayait avec le plus grand soin. Cette circonstance donna à notre dijonnais le temps de surmonter son trouble insolite. Peu à peu ses jambes se raffermirent, et la respiration lui revint en même temps que la vue. Il put donc tout examiner, tout admirer à son aise. Naturellement, Béranger frappa d'abord ses regards. Le poète était étendu dans un large fauteuil; une robe de flanelle bleue l'enveloppait entièrement; sa tête était couverte d'une modeste calotte, et l'un de ses pieds (Bottmann tenait l'autre), chaussé d'une pantoufle en tapisserie, reposait sur un coussin placé près de l'âtre où pétillait un joyeux feu de maître; de sa main gauche il tenait un journal, et de la droite une petite paire de ciseaux qu'il faisait dextrement jouer sur son menton et ses joues, au grand étonnement de monsieur Richard qui, jusqu'alors, avait ignoré que l'objet de son admiration constante se rasât chaque matin de cette façon.

Lorsque le dijonnais eut bien admiré l'*oiseau*, il voulut, c'est son expression, jeter un coup d'œil sur la *cage*. C'était une jolie mansarde entièrement tapissée de papier coutil à raies bleues. Dans le fond se trouvait un lit de fer enveloppé de rideaux d'un vert sombre et rehaussé d'un couvre-pieds de laine, en filet de même couleur; près de la porte, un secrétaire en acajou sur lequel trônaient Jean-Jacques et Voltaire, charmantes statuettes, dûes à l'habile ciseau de Mélingue, l'intelligent et celèbre acteur de la Porte Saint-Martin. Un bureau en acajou était placé près de la fenêtre; sous le bureau s'étendait une chaude chancelière en peau de Léopard; en face du secrétaire, se dressait une petite armoire de bois blanc. La cheminée était ornée de deux flambeaux et d'une pendule.

Cet examen minutieux demanda à M. Richard plus de temps que nous n'en mettons à l'écrire. Depuis quelques instants l'essai de la chaussure était terminé; mais comme Béranger s'informait amicalement des affaires et de la famille de Bottmann, le dijonnais put examiner la mansarde jusque dans ses moindres détails. Enfin, le moment du départ arriva. Bottmann avait la main sur le bouton de la porte, et M. Richard allait le suivre, lorsque Béranger, se levant subitement, lui dit :

— Attendez, mon ami.

En entendant ces paroles, le dijonnais s'arrêta tout tremblant, et, comme Béranger se rapprochait de lui en étendant le bras de son côté, il pensa que l'illustre chansonnier le voulait honorer d'une poignée de main ; il se hâta donc d'aller à sa rencontre, mais à peine sa main eut-elle touché celle du poète, qu'il y sentit tomber quelque chose qui le fit tressaillir.

C'était une pièce de 30 sous.

— Il y a loin d'ici à Paris, lui dit Béranger en souriant; un canon donne des jambes... vous boirez celà à ma santé.

On se souvient que Bottmann avait dit : « On sait quand on va à la barrière, mais on ignore toujours quand l'on en revient. » Il eut pleinement raison ce jour là ; il y était arrivé le matin, et ne rentra dans Paris que le soir fort tard, ou, ce qui serait mieux, le lendemain de très bonne heure.

On comprend par là que M. Richard tint loyalement sa promesse; c'est à dire qu'il offrit à Bottmann un déjeûner copieux et succulent. Le vieux cordonnier se trouva bientôt dans les vignes du Seigneur; il chantait à tue-tête ; il eut même quelques velléités de danser, mais ses jambes ne furent pas de son avis et se refusèrent à le seconder. La seule chose qui, parfois, altérait sa gaîté, c'était de penser que M. Richard ne voulait pas consentir à échanger, contre un liquide quelconque, la pièce de trente sous que Béranger lui avait donnée pour boire. Il ne pensait pas, lui, que son amphitryon pût conserver cette pièce de monnaie comme une relique.

C'est cependant ce qui arriva, ajouta M. de Champdieu, en remettant dans sa poche l'opuscule qu'il venait de nous lire ; et s'il vous arrive un jour d'aller à Dijon et d'entrer AUX TRENTE SOUS DE BÉRANGER, pour y faire vos emplettes, vous pourrez la voir douillettement posée sur un coussin de velours que recouvre un cylindre de pendule, et vous recevrez, comme je l'ai reçu, des mains de M. Richard, un exemplaire de cette anecdote qu'il a fait imprimer à ses frais, pour la distribuer gratuitement à tous ses nouveaux clients.

IV.

LE RÊVEIL DE BRIOCHET.

Je n'eus pas le temps de remercier M. de Champdieu du plaisir que m'avait procuré sa lecture, car à peine avait-il fini de parler, que je sentis quelque chose s'agiter lourdement sous mes pieds.

— Qui remue ainsi? m'écriai-je avec un geste de surprise.

— Rassurez-vous, me dit le vicomte en souriant ; mon histoire vous avait fait oublier notre compagnon de voyage..... L'un de nous l'aura sans doute heurté du pied.... et le voici qui s'éveille.

En effet, Briochet s'était mis sur son séant, dans le fond de la nacelle, et nous regardait tour à tour avec cet air hébété commun à toutes les personnes qui se réveillent en sursaut.

— Où suis-je? nous demanda-t-il d'une voix encore alourdie par le sommeil.

— Ne le voyez-vous pas? lui dit Toutain qui se mordait les lèvres pour ne pas rire.

— J'ai les yeux encore à demi fermés, répondit Briochet en nous examinant de nouveau ; mais qu'est-ce donc que cela? ajouta-t-il en désignant le ballon qu'il venait d'apercevoir.

— Eh ! parbleu ! voisin, c'est le ballon.

— Le ballon ! répéta-t-il en paraissant chercher à rassembler ses souvenirs.

— Oui, le ballon *l'Aigle* que vous êtes venu voir à l'Hippodrôme... Vous êtes maintenant dans sa nacelle.

— Dans le panier d'osier ! s'écria le malheureux en faisant un mouvement pour se lever.

— Allons, ne vous effrayez pas, voisin ; et surtout ne dites pas de mal de mon panier, qui vous a rendu un grand service.

— A moi?

— Oui, à vous... en vous cachant aux regards courroucés de votre digne moitié.

— Ma moitié, dites-vous ?..... Je l'avais oubliée..... c'est vrai..... Je l'ai revue..... et maître Flageollet... Ils sont à ma poursuite..... Oh ! cachez-moi bien, qu'ils ne me voient pas !...

Et Briochet se coucha de nouveau dans le fond de la nacelle.

— Vous n'avez plus besoin de vous cacher, reprit Toutain; vous êtes maintenant hors de danger.

— Vraiment ?

— Oui, voisin.

— Alors, je puis me lever ?

— En toute assurance.

— Le ciel soit béni, s'écria Briochet en se cramponnant après une banquette pour se remettre sur ses jambes ; aidez-moi, je vous prie, me dit-il-il en me tendant la main ; j'ai hâte de rentrer chez moi ; car quoique vous me disiez, voisin, je ne serai tranquille que là.

Grâce à mon aide et à celui de mes deux compagnons, Briochet se trouva bientôt debout. Alors, sans prendre le temps de jeter un coup d'œil au-dessous de lui, il essaya de sortir de la nacelle.

— Où allez-vous donc, voisin?... lui dit Toutain au moment où, mettant un pied sur la banquette, il allait sauter dans le vide.

— Mais je vous l'ai dit, chez moi.

— Vous êtes fou, voisin ! Regardez donc au-dessous de vous.

— Ah ! mon Dieu ! exclama le pauvre Briochet s'apercevant qu'il n'était plus sur terre ; ma dernière heure est sonnée..... Je suis perdu ! perdu ! perdu !

Et, se laissant retomber dans le fond de la nacelle, il répéta en s'agitant convulsivement :

— Je suis perdu ! perdu ! perdu !

— Non, vous n'êtes pas perdu, lui dit Toutain en se baissant pour le contenir, vous n'avez rien à craindre ici, je vous l'assure; ainsi tranquillisez-vous !

— Je suis perdu ! perdu ! perdu !... répéta de nouveau Briochet.

— Mais non, mille fois non ! Je réponds de vous..... Croyez

donc ce que je vous dis, sacrebleu..... et ne remuez plus, car si vous gesticulez encore, je serai forcé de vous attacher.

— Je serai tranquille, dit le pauvre ventru en cherchant à retirer ses bras d'entre les mains de l'aéronaute.

— A la bonne heure !... Asseyez-vous là sans bouger, et je vous promets que vous coucherez ce soir dans votre lit.

— Le ciel vous entende, balbutia Briochet en s'asseyant comme Toutain le lui avait ordonné.

— C'est cela, voisin, montrez que vous êtes un homme et que vous avez du courage.

— Je ne crains plus rien, dit-il en tremblant de tous ses membres ; mais pourquoi m'avez vous emmené, voisin?

— Pour vous sauver de votre femme.

— Oui, c'est vrai, vous me l'avez déjà dit..... Pardonnnez-moi..... Je perds un peu la tête..... Cette rencontre et le lieu où je suis...

— Vous craignez donc bien votre femme? lui demandai-je.

— Oh! j'ai bien des raisons pour cela.

— Que vous a-t-elle fait?

— Elle voulait ma mort... Et maître Flageollet aussi.

— Votre mort?

— Oui, monsieur, ma mort! vous ne le croyez pas? cela est cependant. Vous ne soupçonnez pas ce qu'il m'ont fait endurer de souffrances... Tenez, voisin, et vous, Messieurs, puisque le hasard vous a fait savoir que j'étais affligé d'une épouse, permettez-moi d'épancher dans vos cœurs ce que le mien contient de douleurs et d'affliction.

— Parlez, dit M. de Champdieu, et soyez bien persuadé qu'au besoin notre aide ne vous manquera pas.

— Merci, mille fois merci, s'écria le pauvre homme.

Et, s'étant recueilli un moment, il commença le récit suivant :

V.

HISTOIRE DE BRIOCHET.

Lorsque la révolution de 1848 éclata, j'étais attaché à un magistrat de Montbrison, ma ville natale, en qualité de secrétaire. Ma position était loin d'être brillante, mais elle était des plus honorables, et suffisait à mes goûts paisibles. Dans une sphère aussi modeste, je ne pensais pas que les bouleversements politiques pussent m'atteindre : Je fus bientôt détrompé. A peine la république était-elle proclamée que mes compatriotes, s'abandonnant à leurs penchants belliqueux, organisèrent une garde nationale. On m'inscrivit sur les cadres de cette milice et, dès-lors, mon bonheur fut renversé. Je ne pense pas qu'il soit besoin de vous dire, Messieurs, que la rotondité de ma personne me rendait peu propre au service militaire. Mes concitoyens ne voulurent pas admettre ce cas de réforme, et tout ce que je pus obtenir des membres du conseil de révision auxquels j'avais présenté mes très-respectueuses doléances, ce fut d'être compris parmi les musiciens. Malgré mon inexpérience musicale, on voulut bien me confier les cymbales. Je pris cet instrument en affection et fus bientôt en état de me faire entendre aux Montbrisonnais. Les musiciens ne montaient pas de garde, ils n'étaient assujétis qu'à une répétition par semaine et aux revues du dimanche, dans un petit terrain appelé *Champ de Mars.* Mon existence, bien que troublée, eût encore été supportable sans maître Flageollet, le beau-frère de mon épouse. Maître Flageollet, notre chef de musique, était passionné pour une figure géométrique à laquelle on a donné le nom de cercle. Aux répétitions, de même qu'aux revues, quand nous ne marchions pas, il se donnait une peine infinie pour nous faire former cette figure. Un jour, désespéré de ne pouvoir y réussir, il lui vint à l'esprit d'user du moyen qu'emploient les petits joueurs de toupie pour tracer un rond sur la terre. Il prit une corde d'une longueur suffisante et dont il fit tenir un bout par le caporal en lui recommandant de tourner sur lui-même, absolument comme l'arbre d'une meule de moulin ; puis, saisissant l'autre bout, il marcha, la corde bien tendue, faisant avancer ou reculer ceux d'entre nous qui ne se trouvaient pas précisément sur la ligne circulaire qu'il décrivait en marchant. Cet expédient réussissait pour un instant, mais dès qu'un air commençait, les musiciens rompaient peu à peu la régularité du cercle ; puis, bientôt, emportés par l'ardeur qu'ils puisaient dans leurs mâles accords, il s'avançaient l'un vers l'autre, sans écouter maître Flageolleit qui jurait et gesticulait comme un véritable possédé. Pour obvier à ce fâcheux inconvénient, notre chef attacha l'extrémité de la corde à sa clarinette, et pendant toute la durée des morceaux, il tournait comme un cheval de manége, pressant, ou ralentissant son pas, selon que la mesure était vive ou lente. Cette manœuvre ne permettant plus aux musiciens de quitter leurs places respectives, maître Flageollet eût été satisfait sans mon malheureux ventre sur lequel il se heurtait sans cesse en tournant. La grosse caisse lui avait déjà joué le même tour, mais il avait vaincu cet obstacle en la faisant placer derrière l'artiste auquel elle était départie. Malheureusement, un ventre n'est pas une grosse caisse : on ne le déplace pas aussi facilement. Il eut d'abord l'intention de me faire retourner; mais comme c'était un homme à cheval sur les convenances, il reconnut bientôt que cette position serait peu respectueuse pour mes collègues et pour lui. Me remercier, il y avait songé, et il l'aurait certainenement fait, si mon mérite comme cymbalier eût été moins grand. Vous souriez, Messieurs, parce que vous jugez les Montbrisonnais d'après vous-même. Vous avez tort. Mes compatiotes ont un instinct musical à part; pour eux, il n'y a pas de musique possible sans la grosse caisse, le chapeau chinois et les cymbales. Maître Flageollet tenait donc beaucoup à moi. Cependant mon ventre énorme le gênait énormément, et sa plus grande préoccupation était de trouver un moyen qui lui permît de s'en débarrasser tout en me conservant. Jugez donc quel fut mon effroi, lorsque, un matin, je fus informé qu'il avait porté plainte au commandant contre mon abdomen, et que, en même temps, il lui avait indiqué deux remèdes pour le faire rentrer dans les limites ordinaires. Je n'étais pas encore remis de ma frayeur, quand un planton vint me prévenir que le commandant me mandait à l'Hôtel-de-Ville. Je m'y rendis en tremblant et la mort dans l'âme, car je devinais ce qui m'attendait. Le commandant qui était d'une maigreur excessive, ne pouvait supporter la vue des personnes douées de quelque embonpoint. Jugez, d'après cela, s'il devait m'aimer. Il me reçut avec une brutalité sans exemple.

— Qu'est-ce à dire? citoyen Briochet, s'écria-t-il du plus loin qu'il m'aperçut ; vous vons permettez d'avoir un ventre qui n'est pas de calibre!...

— Mais, commandant...

— Taisez-vous, reprit-il en m'interrompant, cela dépasse toutes les bornes! c'est de la dernière indécence... Je ne puis tolérer plus longtemps un pareil exemple... votre ventre est en contravention flagrante avec les lois et réglements de la milice citoyenne.

— Mais mon commandant, me hasardais-je à lui dire, mon ventre est très-gros, j'en conviens, mais que puis-je y faire?

— Le faire diminuer.

— Est-ce en mon pouvoir? D'ailleurs, en quoi vous a-t-il offencé?

— Il offense mes regards et ceux de maître Flageollet, votre chef immédiat... Or, citoyen Briochet, écoutez bien ce que je vais vous dire... Sous peine d'être cité à comparaître devant le conseil de discipline, et de vous y entendre condamner aux peines les plus sévères, je vous enjoins, pour rendre à votre corps et surtout à votre abdomen des proportions plus en rapport avec la bienséance et les besoins militaires : 1° de vous marier dans le délai de quinze jours, à partir du courant; 2° de vous astreindre au quart de ration pendant autant de temps que le chirurgien du bataillon le jugera convenable.

Une semblable expectative me jeta dans le plus profond désespoir. Cependant je voulus essayer de me défendre, et, réunissant tout mon courage, je balbutiai :

— Pardon, commandant, mais pour se marier il faut une femme... et...

— Celà me regarde, citoyen Briochet, et j'ai ce qu'il vous faut.

— Qui donc?... demandai-je avec la plus grande stupéfaction.

— La belle-sœur de maître Flageollet... C'est une maîtresse femme... une femme de caractère... et qui veut bien se charger de votre restauration, à la condition du mariage.

— Je n'en veux pas, répondis-je résolument.

— Ah! vous vous mettez en état de rébellion contre vos chefs! s'écria le commandant avec un mouvement de colère.

Il agita le cordon d'une sonnette, un sergent parut.

— Citoyen sergent, lui dit-il, prenez quatre hommes au poste, et conduisez à la prison le citoyen Briochet ici présent.

Cet ordre fut immédiatement exécuté.

Non content de m'avoir fait emprisonner, le commandant se plaignit énergiquement au magistrat qui m'occupait. Celui-ci était un brave et digne homme; mais il avait servi sous le tyran, comme on disait à Montbrison, et il crut devoir entrer dans les idées du commandant, afin qu'on ne pût douter de son dévouement à la république. Il se transporta immédiatement à la prison, et là, me fit entendre un foudroyant réquisitoire. Il me dit qu'un ventre comme le mien ne pouvait être toléré dans un état démocratique; que l'enbompoint de ma personne était une protestation charnelle contre le nouvel ordre de choses; de plus, il me démontra d'une façon péremptoire que le célibat est une condition immorale et tout-à-fait en désaccord avec les lois républicaines.

Bref, Messieurs, menacé de perdre mon emploi et d'être livré aux rigueurs du code militaire, je pris la sage résolution de céder à ce qu'on me demandait. Je fus marié à la sœur de maître Flageollet qui me soumit à un régime des plus pénibles. Vous dire ce que je souffris me serait impossible! qu'il vous suffise de savoir, Messieurs, qu'après un mois de traitement, la diète et certaine autre obligation que je passe sous silence, m'affaiblirent tellement que, si cette manière de vivre eût duré quelques jours encore, je serais mort bien certainement.

J'avais alors à Paris un frère, mon aîné, qui avait assez bien fait ses affaires. Il mourut subitement; sa mort me sauva la vie. Pauvre frère! je lui dois ma délivrance. Il était célibataire, je fus son unique héritier. La lettre qui m'annonçait son décès me fut remise en l'absence de ma femme. Cette lettre m'était écrite par un notaire qui m'annonçait en même temps qu'il tenait à ma disposition une somme de 25,000 fr. qu'il avait reçue en dépôt de feu mon frère. Une pareille somme me donnant un revenu plus élevé que le traitement que je retirais de mon emploi, je résolus de quitter le toît conjugal. Le ciel me seconda dans ce projet. J'arrivai à Paris, je vis mon notaire qui voulut bien se charger de l'emploi de mon argent et tenir ma demeure secrète. Je louai le même jour, dans la maison qu'habite M. Toutain, un petit logement que je fis meubler d'une manière confortable. Là, libre et tranquille, mangeant et dormant à ma guise, j'eus bientôt recouvré la santé et l'embonpoint que vous me voyez. Puisse Dieu, maintenant, me faire redescendre heureusement sur la terre, et m'accorder la grâce de rentrer chez moi sans être vu de ma femme et de maître Flageollet.

VI.

CAUSERIES.

Quelque plaisant que nous ait paru le récit de Briochet, chaeun de nous l'écouta sans rire. Le pauvre cymbalier paraissait si marri en racontant ses malheurs, que nous nous serions fait un scrupule d'en plaisanter en sa présence. Nous ne crûmes pas non plus devoir lui faire espérer la réalisation du souhait qu'il venait de former, de rentrer chez lui sans encombre; car, lui parler de ce retour, c'eût été raviver ses douleurs en lui présentant comme possibles, soit l'explosion de l'aérostat, soit la brusque apparition de sa moitié sur le seuil de sa demeure. Nous l'abandonnâmes donc prudemment à ses propres réflexions.

— Monsieur, demandai-je au vicomte, après une absence de deux années pendant lesquelles tant de choses se sont accomplies, Paris a dû vous paraître bien changé?

— C'est ce que je ne saurais vous dire, me répondit-il; arrivé depuis hier seulement, je n'ai quitté l'hôtel *des Princes*, où je suis descendu, que pour aller aux *Français*, et pour me rendre aujourd'hui à l'Hippodrome. Or comme j'ai fait ces deux courses en voiture, je n'ai encore rien vu de Paris.

— Que donnait-on aux *Français?*

— Une pièce charmante : *Mademoiselle de la Seiglière*.

— C'est en effet une des plus délicieuses productions de Sandeau.

— Il faut dire aussi qu'elle est admirablement jouée par les artistes. Samson y est du dernier comique, et Régner met à la disposition du rôle qu'il remplit une verve inépuisable; mais ce qui surtout m'a frappé, c'est le suave talent, c'est la rayonnante beauté d'une jeune actrice, Madeleine Brohan.

— Vous n'êtes pas le seul de cette opinion.

— J'ai rarement vu tant de naturel et tant d'inspiration réunis à tant d'art, à tant de grâce. Où trouver un maintien plus modeste, une mise de meilleur goût? Quelle douceur dans les yeux, et surtout quelle fraîcheur ravissante dans la voix : ses paroles entrent dans le cœur et l'embaument comme ces essences d'Orient qui communiquent leurs parfums à tout ce qu'elles approchent.

— Vous êtes enthousiaste.

— Non, je suis vrai. Ce nom de Brohan porte bonheur. Après la mère, la fille aînée ; après Augustine, Madeleine. C'est la justification du proverbe : « Bon sang ne peut mentir. »

— Il est vrai que Mme Brohan a traité ses filles en bonne

mère. En quittant le théâtre elle a fait deux parts de son talent : Augustine a eu la première, Madeleine la seconde... et ces deux parts égales ont également profité chez les deux sœurs, semblables à ces fleurs que l'on dédouble pour les multiplier.

Pendant que nous parlions ainsi, Toutain déchirait une feuille de papier par petits morceaux qu'il jeta hors de la nacelle.

Ces papiers s'élevèrent lentement au-dessus du ballon.

— Nous descendons, nous dit-il.

— Faut-il jeter du lest? demandai-je en prenant un sac de sable.

— Non, laissons descendre; nous verrons dans quel pays nous nous trouvons.

Ces derniers mots arrachèrent Briochet à sa rêverie ; il parut extrêmement ému.

Depuis quelques instants, des nuages s'étaient amoncelés au-dessous de nous comme les flots d'une mer agitée. Dès que nous les eûmes traversés, la terre surgit à nos yeux, d'abord très-vaguement, puis d'une manière un peu plus nette. Alors je distinguai des montagnes, un fleuve des forêts. Mes regards parcouraient avidement cette étendue ; car, autant que la distance me permettait d'en juger, il me semblait reconnaître le paysage qui se formait sous mes yeux. En effet, plus nous descendions, plus des sites connus s'offraient à ma vue. Je n'en pouvais plus douter, c'était mon pays! Je voyais Vernon !

En moins d'une heure, nous avions franchi un espace de vingt lieues.

— Vous me parliez, il n'y a qu'un instant, des demoiselles Brohan, dis-je au vicomte, regardez bien cette petite ville qui forme une tache noire au-dessous de nous : c'est la patrie de leur mère.

M. de Champdieu me répondit, mais je ne l'entendis pas. Je venais de distinguer quelques édifices de la ville : l'église d'abord, puis la tour des archives, puis les quatre tourelles de Vernonnet, enfin les rues et le pont. Bientôt je me reconnus dans les maisons; je cherchai celle qu'habite ma mère, je l'aperçus. Une fumée blanche et légère, s'échappant de la cheminée, s'élevait en ondoyant du côté de l'aérostat, comme pour me montrer le chemin de sa demeure. Pauvre mère ! Son cœur lui a-t-il dit que j'étais si près d'elle? Oh! si elle m'eût su flottant ainsi dans les airs, quelle terreur se serait emparée de son âme, et quelles angoisses elle aurait ressenties.

J'éprouvais une émotion si profonde, j'étais tellement absorbé dans ma contemplation que je m'aperçus à peine que la chaleur était devenue lourde et accablante. Quelques gouttes de pluie larges et tièdes se croisèrent dans l'atmosthère, puis un coup de tonnerre éclata au lointain.

Briochet bondit dans le fond de la nacelle; mais son voisin l'ayant regardé d'une manière significative, il ne bougea plus.

— Le temps se met à l'orage, s'écria Toutain; nous ne pouvons demeurer plus longtemps si près de la terre; il faut ou descendre ou nous élever beaucoup.

— Montons, dit M. de Champdieu; il serait fâcheux de terminer si promptement un voyage agréable.

— Montons, répétai-je en jetant un regard de regret sur l'habitation de ma mère.

Briochet soupira profondément.

On vida deux sacs de lest; le ballon s'éleva avec la rapidité d'une flèche. La terre disparut.

— N'avez-vous rien à nous raconter? me demanda le vicomte.

— Si, pardieu! m'écriai-je, enchanté de trouver l'occasion de parler du pays que je venais de contempler, et où j'aurais voulu descendre. Je vais à mon tour vous raconter une histoire, et une histoire assez vieille, car elle date du XIIIe siècle.

— Commencez donc.

— J'obéis.

VII.

UNE HISTOIRE DU XIIIe SIÈCLE.

La petite ville de Vernon est un des plus charmants fleurons de la couronne Neustrienne. Vous venez d'entrevoir à l'instant cette cité riante et paisible. De nos jours, elle est cachée derrière un double rideau de feuillages; mais en 1261, époque à laquelle remontent les faits que je vais raconter, elle était ceinte d'une épaisse muraille, entourée de fossés profonds, et dominée par le donjon d'un château royal.

Elle était florissante, alors; car, comme un ange tutélaire, un grand roi étendait sur elle une main protectrice. Saint-Louis l'aimait, parce que, tout près de là, s'était célébré le mariage de

Blanche de Castille, sa mère.

On était au milieu du mois de juin, la journée avait été brûlante. Les travaux ayant cessé, chaque famille venait s'asseoir sur le devant de sa demeure ; mais les enfants, au lieu de jouer comme d'habitude, écoutaient leurs parents qui, le visage rayonnant de joie, s'entretenaient de la prochaine arrivée du roi Louis IX à Vernon.

Une seule maison, située devant l'église Notre-Dame, paraissait ne pas prendre part à la commune allégresse : sa façade demeurait déserte et silencieuse. Bientôt, cependant, une de ses fenêtres s'entr'ouvrit, et un homme s'en approcha, poussant devant lui un lourd pupitre de chêne sur lequel se trouvait un livre splendidement relié.

Cet homme avait nom Marcadet. C'était le plus riche libraire de la ville et le plus grand avare de la province.

Son regard fauve et vitreux parcourait avidement les pages du livre que supportait le pupître ; il semblait vouloir profiter de ce qui restait de jour pour en examiner les moindres détails. C'était une Sainte Bible à la reliure en planches de noyer, revêtues de placages en vermeil, délicieusement ciselés et sculptés. Le dedans répondait au dehors : les caractères, or et azur, offraient aux yeux la netteté de l'imprimerie ; toutes les lignes, tous les mots, toutes les lettres étaient parfaitement semblables pour la dimension, les espaces et la forme. On y voyait d'admirables miniatures. C'était un chef-d'œuvre enfin ! et maître Marcadet, qui s'y connaissait, supputait déjà l'argent qu'il retirerait de ce beau travail.

Il fut arraché à sa contemplation par le bruit que fit une porte en s'ouvrant. Il tourna vivement la tête, et aperçut dans le fond de la pièce un personnage paraissant attendre qu'on lui donnât la permission de pénétrer plus avant.

C'était un petit homme, âgé d'environ cinquante ans ; sa physionomie était triste et rêveuse ; mais son regard, quoique doux, n'était pas dépourvu d'énergie. A la simplicité de ses vêtements, à leur propreté surtout, on reconnaissait en lui un de ces courageux artisants qui, contents de leur position sur terre, ne demandent que deux choses en leur vie : aux hommes, le travail ; à Dieu, la santé. C'était un pauvre et laborieux jardinier. Il tenait en location, derrière la maison du libraire, au fond des anciens fossés de la ville, un jardin dans lequel il cultivait des légumes et des fleurs dont le produit le faisait vivre.

— Que me voulez-vous, voisin? gromela le libraire en reconnaissant le nouveau venu.

— Vous entretenir d'une affaire qui nous intéresse tous deux, maître Marcadet.

— Je vous écoute, voisin Leblond, répondit mausadement le marchand de livres, en recouvrant sa Sainte Bible d'un morceau de vieille étoffe; je vous écoute..... Expliquez-vous.

— Maître Marcadet, murmura le bonhomme d'une voix très-émue, voici bientôt dix-huit ans que nous nous connaissons... Ça date, comme vous savez, du décès de feu votre digne femme.....

— Passez, dit froidement le libraire.

— Pardon, excuse, maître Marcadet, continua Leblond avec plus d'assurance; mais avant de vous parler du présent, j'ai besoin de vous rappeler le passé. Votre femme, bonne créature s'il en fut, mourut en donnant le jour à Colette. A cette époque ma pauvre Jehanne allaitait encore mon fieux Gautier, né depuis bientôt deux ans... Ma femme aimait beaucoup la votre, qui était bonne et compatissante. Aussi pour rendre ses derniers moments moins pénibles, elle lui jura de veiller sur Colette, d'être pour elle une seconde mère, de l'aimer comme son propre enfant... Pauvre Jehanne, continua-t-il avec une émotion profonde, elle est morte à la tâche! Tant que son enfant et le vôtre ont eu besoin d'elle, elle fut soutenue par une force surnaturelle; mais dès que Colette put vous être rendue; dès que Gautier fut en âge d'apprendre un état, ma pauvre femme dépérit, dépérit que c'était peine à voir!.. Et comme je ne pouvais travailler et la soigner à la fois, elle quitta notre pauvre demeure pour aller à la Maison-Dieu de Vernon, où elle mourut, en me recommandant de veiller sur Collette et sur Gautier?...

Leblond s'arrêta, une douleur poignante était peinte sur son visage. Ses tempes palpitaient, sa respiration semblait arrêtée!.. Enfin des larmes s'échappèrent de ses yeux : il parut soulagé.

— Où voulez-vous en venir, voisin? demanda le libraire avec un geste d'ennui.

— D'abord, reprit Leblond, laissez-moi vous demander si ce que ma femme a fait pour votre enfant mérite récompense?

— Récompense! répéta Marcadet en se levant brusquement; récompense !... Auriez-vous besoin d'argent, voisin?... Vous tombez mal!... ma cassette est vide... le commerce ne va pas... je suis ruiné !...

— Il ne s'agit pas d'argent, maître.

— Ah! fit le libraire satisfait.

— Il s'agit de Gautier et de Colette... Ces deux enfants s'aiment... et je voudrais les rendre heureux.

— Comment?

— En les mariant.

— Hein? dit Marcacadet, comme frappé d'un commotion électrique, les marier!...

— Oui!

— Y pensez-vous, voisin?... ma fille sera riche... et Gautier n'aura rien...

— Il a des bras, répondit fièrement le mari de Jehanne... C'est un bon ouvrier sabotier...

— Un bel état, ma foi! répliqua le libraire avec dédain; le beau sort à offrir à une femme... L'été vivre dans les bois, l'hiver sur les marchés... Et vous croyez que je consentirai à une telle union?

— Mais, Colette aime Gautier...; si vous refusez, elle en mourra

— Allons-donc ! est-ce qu'on meurt d'amour?...J'aimais beaucoup ma femme, moi... eh bien! est-ce que je suis mort quand elle est morte?... Vous êtes fou, voisin, continua-t-il d'une voix railleuse... Comparez donc un peu ma position à la vôtre... Je suis un des notables de Vernon; vous qui êtes-vous?... Un malheureux!... ne pouvant seulement disposer d'un agnel pour le porter à l'une des corporations qui, demain, vont offrir leurs présents à notre grand monarque...

— Hélas! c'est la triste vérité, maître; et c'est la première fois de ma vie que je regrette d'être pauvre...

— Ce n'est pas un deshonneur, voisin; mais vous devez comprendre que si votre femme a donné gratuitement ses soins à ma fille, ce n'est pas une raison suffisante pour que je consente à la marier à votre fils.

— Oubliez donc ma demande, murmura Leblond en soupirant.

Et il sortit.

— Je défendrai à Colette de revoir Gautier, murmura Marcadet, en retournant à sa Bible ; mais il oublia ce soir-là de lui faire cette recommandation.

Le pauvre Leblond, le désespoir dans l'âme, regagna lentement sa maisonnette, située dans un angle du fossé qu'il avait converti en jardin ; il y entra et se laissa tomber tristement sur un escabeau.

Gautier, travaillait dans une forêt voisine de Vernon, ce qui lui permettait de revenir tous les soirs à la maison paternelle, Ce jour-là, en rentrant, il fut frappé de l'abattement de son père ; mais il ne lui en demanda pas la cause, parce qu'il arrivait parfois à Leblond de tomber dans de longs accès de tristesse.

Le père et le fis s'approchèrent d'une table sur laquelle se trouvaient du pain et des fruits ; le jardinier ne mangea pas.

— Père, dit tout-à-coup Gautier, vous ne savez pas la nouvelle, Jehan, le fils du premier syndic, se marie...

— Avec qui? demanda Leblond, sans se rendre compte de ce qu'il disait...

— Devinez, père...

— Dame! murmura Leblond, en paraissant chercher, serait-ce avec Colette ?

— Colette! s'écria le jeune homme en se levant vivement. Colette!... Puis, se rasseyant comme s'il eût été honteux de la surprise qu'il venait de laisser paraître, il répondit froidement : Non, ce n'est pas avec elle...

— Tant pis, dit Leblond ; ils sont riches tous deux, beaux tous deux ; ils auraient fait une belle paire d'époux.

Gautier ne répondit pas ; mais il ne mangea plus. Son père fit semblant de ne pas le remarquer.

Le pauvre homme avait profité de l'occasion qui venait de se présenter, pour arracher du cœur de son fils les illusions qui commençaient à y naître. Gautier avait ignoré jusqu'à ce moment l'amour que Collette avait allumé dans son âme. Les paroles de son père lui découvrirent cet amour ; mais, en même temps, elles ne lui laissèrent aucune espérance.

Un instant après, Gautier entra dans la petite salle qui lui servait de chambre à coucher. Les quatre murs étaient nus et délabrés ; mais il s'y trouvait des meubles ornés de sculptures naïves, qu'on eût été loin de soupçonner au sein de cette pauvre demeure. Ces meubles étaient l'ouvrage du jeune sabotier. Chaque soir il se délassait, en sculptant, des fatigues de la journée. C'était son plus grand bonheur, après celui qu'il éprouvait dans ses entretiens avec Collette. Personne, hors son père et celle qu'il aimait, ne lui connaissait ce talent.

Le pauvre jeune homme s'approcha d'un petit bahut de chêne sur les quatre faces duquel son ciseau avait créé des démons et des anges, il souleva le couvercle de ce meuble et en tira un médaillon de noyer, représentant une tête de jeune fille : c'était le profil de Colette. Il le regarda quelques instants en silence ; puis il le replaça dans le bahut, duquel il sortit une charmante petite Vierge, également en bois de noyer.

Alors il quitta la maisonnette et se dirigea vers le fond du jardin.

Ce jardin n'était séparé de celui du libraire que par une haie vive, au-dessus de laquelle la tête de Colette apparut aux yeux de Gautier comme une angélique vision.

— Qu'as-tu donc, frère? s'écria la jeune fille ; tu parais triste et souffrant...

— Je ne souffre pas Colette ; mais je suis bien triste.

— Pourquoi, Gautier?

— Parce que je vais quitter tout ce que j'aime!

— Que veux-tu dire? demanda Colette en pâlissant.

— Je pars demain, murmura tristement le jeune homme.

— Tu pars, dis-tu? et pourquoi?... Quel motif peut te décider à quitter ton père... et ta sœur?...

— Ne prononce plus ce nom, Colette... et ne me demande pas pourquoi je pars...

— Mais je ne pourrai vivre sans toi, s'écria la jeune fille épouventée.

— Tu m'oublieras, répondit douloureusement Gautier... Ton père te mariera bientôt, sans doute... et alors la tendresse d'un époux te fera oublier celui que tu nommais ton frère...

— Peux-tu parler ainsi, Gautier? Que t'ai-je dit pour me faire tant souffrir?

Des larmes abondantes s'échappèrent des yeux de la jeune fille.

— Oh! pardonne-moi! pardonne-moi! s'écria Gautier en prenant les mains de Colette. Je suis fou!... Il faut que je parte!

car je ne pourrais te voir la femme d'un autre! car je t'aime, Colette!... Je t'aime!... non comme un frère, mais...

— N'achève pas, interrompit vivement la pauvre Colette... n'achève pas!.. Il se passe en moi quelque chose d'étrange!.. Me marier, dis-tu? mais il faut aimer un homme pour s'unir à lui, et qui donc aimerai-je autant que toi, Gautier?

— Je ne puis être ton époux, Colette; ton père est riche..., le mien est pauvre... un abîme nous sépare!

— Alors je ne me marierai pas, Gautier.

— Et si ton père l'exige?

— Je refuserai.

— Tu obéiras, dit le jeune homme; Dieu ne bénit pas l'enfant rebelle aux volontés de son père... Prends ce souvenir, Colette, ajouta-t-il en offrant la Vierge que jusque-là il avait tenue cachée...; je te l'aurais donnée la veille de ta fête..., reçois-le la veille de notre séparation,

La jeune fille prit le souvenir qui lui était offert; puis présentant à Gautier un ruban qu'elle retira de sa chevelure, elle lui dit:

— Puisque je ne puis te retenir, mon Gautier, pars donc!... et conserve ce ruban aussi longtemps que je conserverai ta jolie sainte Vierge Marie.

Les deux jeunes gens se pressèrent tristement la main, puis Gautier se dirigea vers la maison de son père. Au moment d'y entrer, il se retourna et fit un dernier signe d'adieu à Colette.

Le lendemain, dès que le jour parut, Leblond, qui n'avait pas fermé l'œil de la nuit, se leva pour arracher les légumes et cueillir les fleurs qu'il devait porter au marché.

Il avait presque terminé sa besogne, lorsque, derrière un massif de lilas, il distingua une plante qu'il n'avait pas encore remarquée... Il entr'ouvrit vivement les branches du massif, et aperçut, avec le plus grand étonnement, un chou d'une grosseur extraordinaire...

Sa surprise fut si grande qu'il se mit à appeler Gautier de toutes ses forces...

Celui-ci, qui ne s'était point couché, accourut aussitôt.

— Regarde! lui dit Leblond en désignant le chou phénoménal.

— Qu'est-ce que cela? demanda Gautier.

— Un chou!...

— Un chou! mais c'est miraculeux!

— Tu as peut-être raison, fieux... Il y a dans ceci quelque chose de surnaturel!... Oui! oui! c'est un miracle, ajouta-t-il en rêvant... Dieu a pris pitié de ma souffrance... En voyant combien j'étais malheureux de ne rien pouvoir offrir à notre bon monarque, il m'a fait pousser ce chou superbe qui est digne de lui être présenté.

— On pourra faire au roi de plus riches présents, père; mais, à coup sûr, on ne lui en fera pas un plus rare.

— Et comment le lui porterons-nous, fieux? Il faudrait le mettre dans une belle caisse.

— Par malheur, nous n'en avons pas.

— J'ai notre affaire dit tout à coup Leblond.

— Vraiment?

— Oui, ton bahut... Il ira à merveille.

— Mon bahut!... Y pensez-vous père?

— Gautier, s'écria Leblond avec un accent de reproche, le trouverais-tu donc trop beau pour ton roi?

— Vous ne me comprenez pas, père, répliqua vivement le jeune homme. Je crains qu'on se moque de moi en voyant les images que j'y ai taillées.

— Bah! reprit Leblond. Et d'ailleurs, continua-t-il en regardant le chou, ces cinq ou six larges feuilles qui traînent à terre le cacheront complètement.

— Puisque vous le voulez, père, je vais enlever son couvercle et je vous l'apporte.

— Quelques instants après, l'énorme plante potagère se dressait dans le bahut, qui, comme l'avait dit Leblond, disparaissait entièrement sous les premières feuilles de sa tige. Vu ainsi de quelque distance, le chou faisait l'effet d'un de ces arbustes en forme de parasol dont on embellit les jardins.

Cela fait, le père et le fils entourèrent de feuillage un vieux brancard sur lequel il placèrent le bahut.

A ce moment, les cloches des trois églises de Vernon s'ébranlèrent et sonnèrent à toute volée.

C'était le roi qui faisait son entrée dans la ville, aux acclamations d'une population reconnaissante. Cent jeunes filles, vêtues de blanc, jetaient des fleurs devant ses pas.

Colette faisait partie de cette charmante troupe : elle était pâle et paraissait souffrir.

Louis IX entra à l'église Notre-Dame où il fit une prière ; puis il se rendit à la Maison-Dieu, et là, « *Il servit aux povres de ses propres mains des viandes qu'il avoit fait appareiller par ses queux.* »

Après avoir visité et consolé les malades de ce lieu, il se dirigea vers le château.

Un trône s'élevait dans la cour d'honneur ; le roi s'y plaça, entouré de son escorte, des notables de Vernon, du clergé des trois églises, et des jeunes filles qui avaient jonché de fleurs son chemin.

Alors commença la longue procession des différentes corporations qui, toutes, venaient déposer un présent aux pieds du monarque.

Quand Leblond et son fils se présentèrent, la foule se rangea pour les laisser passer ; comme le chou était recouvert d'un linge blanc et que chacun connaissait leur misère, on se demandait ce qu'ils pouvaient offrir au roi d'aussi volumineux.

Arrivé au pied du trône, Leblond s'agenouilla, et dit au souverain.

— Sire, permettez à un pauvre jardinier et à son fils de vous prier d'accepter la seule chose qu'il leur soit possible de vous offrir.

Pendant qu'il disait ces paroles, Gautier avait enlevé le linge dont le chou était recouvert. Un cri d'admiration se fit entendre.

— Le beau chou ! dit le roi au comble de l'étonnement.

— C'est assurément le seul en ce genre, reprit Leblond, heureux de la satisfaction de Louis IX. Dieu l'a fait pousser dans mon jardin, parce qu'il savait que, trop pauvre pour offrir autre chose, j'aurais été désespéré de ne pouvoir donner à Votre Majesté aucune marque de mon éternelle reconnaissance.

— Quelle obligation m'as-tu donc? demanda le monarque attendri.

— Sire, vous avez fait rebâtir la Maison-Dieu de notre ville... C'est là que ma pauvre Jehanne, la mère de mon Gautier, est morte d'une maladie sans remèdes. Elle a été entourée de soins par les bonnes religieuses que vous y avez établies... La pauvre créature s'y est éteinte sans trop de souffrance... Voila pourquoi ma reconnaissance est acquise à Votre Majesté.

Le roi était très ému ; il dit à Leblond :

— Tu es un brave et digne sujet; que pourrais-je faire pour toi?

— Rien, Sire, répondit respectueusement le pauvre jardinier. J'ai, Dieu merci, des bras qui me font vivre... Quand je serai vieux, mon fieux, que voici, me soutiendra . . . Sinon, j'irai mourir où Jehanne est morte, et je quitterai ce monde en vous bénissant.

A ce moment, un des notables de la ville s'approcha de Louis IX, et lui dit :

— Sire, cet homme tient en location un jardin qu'il cultive, et qui lui rapporte à peine de quoi vivre... C'est un bon travailleur, un bon chrétien, il est digne de tout l'intérêt de Votre Majesté.

— Serais-tu heureux, si le jardin que tu cultives t'appartenait? demanda Louis IX au pauvre Leblond.

— Oui, Sire, bien heureux, répondit le brave homme; mais je n'y ai jamais songé, parce que ce jardin vaut bien 50 livres, et qu'il faut beaucoup récolter de raves et de choux avant d'amasser une pareille somme.

— Ce jardin t'appartient, dit le roi... Je le paierai à celui qui te le loue.

Le bonheur de Leblond fut si grand, si imprévu, qu'il ne put articuler un seul mot de remercîment.

La procession des corporations reprit sa marche un moment interrompue; Leblond et Gautier se retirèrent un peu à l'écart. Le premier regardait tout, et ne voyait rien; le second ne voyait qu'une seule chose : Colette, dont il n'était séparé que par quelques personnes.

Tout à coup un homme fendit la foule, tenant sous son bras quelque chose d'assez gros. C'était maître Marcadet, le libraire. Placé près du trône, parmi les notables, il avait été témoin de la générosité du roi pour Leblond, et ausssitôt il s'était dit :

— Si Louis IX donne un jardin pour un chou, que me donnera-t-il donc si je lui offre ma belle Bible.

Et plein de cette idée, il avait quitté sa place et s'était

rendu chez lui pour prendre le riche in-folio, qu'il revenait présenter au roi.

— Sire, dit-il en le lui présentant, vous venez de recevoir un chou merveilleux..., je vous prie de vouloir bien accepter cette Sainte Bible, qui n'a pas sa pareille sur terre.

Le roi prit le livre et l'ouvrit.

— Cest un beau travail, dit-il, il doit valoir un grand prix?

— Monseigneur l'archevêque de Rouen m'en a offert quinze cents livres, répondit le libraire.

— Quinze cents livres!

— Oui, Sire; mais je repoussai cette proposition, parce que je voulais offrir mon livre à Votre Majesté.

— Je ne puis recevoir un présent d'un si haut prix, dit le roi.

— Sire, répliqua le libraire, en s'inclinant, recevez-le, je vous en supplie. Et s'il plaît à Votre Majesté de me donner une marque de sa royale munificence, j'accepterai ce qu'elle voudra bien m'octroyer.

Ces dernières paroles venaient d'ouvrir au roi l'âme du libraire: il y lut son avarice et sa cupidité.

— Maître, lui dit-il, de l'or ne pourrait payer cette Sainte Bible... C'est une merveille dont je veux te récompenser par une autre merveille. J'accepte donc ton présent et te donne en échange ce beau chou qui n'a pas, lui non plus, son pareil sur la terre.

Le visage de Marcadet devint d'une pâleur livide; son cœur cessa de battre, son sang de circuler. Il faillit tomber à la renverse et, dans le mouvement qu'il fit pour se retenir, sa cuisse heurta le choux de Leblond.

A ce choc, une des larges feuilles qui recouvraient le bahut se cassa. Le roi aperçut les sculptures de Gautier.

— Qu'est-ce donc que cela? demanda-t-il en se tournant vers Leblond.

— Sire, répondit le pauvre jardinier avec embarrras, c'est un petit bahut que mon fieux Gautier s'est fait dans ses moments de loisir.

— Ton fils est donc tailleur d'images?

— Il est sabotier, Sire... Il a fait ce meuble sans trop savoir comment...

Le visage de Gautier était devenu pourpre.

— Mon garçon, lui dit Louis IX, après avoir examiné le bahut, la chapelle de la Maison-Dieu de Vernon n'est pas encore terminée... Je veux l'orner de sculptures... Veux-tu les entreprendre?

— Sire, je quitte Vernon ce soir, dit le jeune homme.

Leblond le regarda avec étonnement.

— Tu resteras, et tu feras ce que je désire, répondit le monarque.

— Sire, ne me retenez pas, je vous prie... J'ai fait ce bahut... mais je ne saurais faire autre chose!

— Ne le croyez pas, Sire, dit une petite voix émue derrière le roi.

Louis IX se retourna, et il aperçut une jeune fille toute tremblante, qui lui montrait une petite Vierge en noyer.

C'était Colette. La pauvre enfant, en entendant celui qu'elle aimait annoncer au roi son départ, s'était avancée malgré elle, et, dans son trouble, elle avait osé parler à son souverain.

— De qui donc est cette Vierge, mon enfant? demanda le roi avec bonté.

— De Gautier, répondit Colette en baissant les yeux.

— C'est de Gautier! et il me dit qu'il ne pourrait faire les sculptures de ma chapelle!...

Il se tourna vers le jeune homme.

— Pourquoi veux-tu quitter Vernon? réponds?

— Je ne puis le dire, Sire.

— Toi, c'est possible, s'écria Leblond; mais moi, c'est différent... Sire, Gautier aime cette belle jeune fille, ajouta-t-il en désignant Colette; et il veut quitter Vernon parce qu'il sait que maître Marcadet, son père, que voilà, ne consentirait pas à lui accorder sa main.

— Et toi, mon enfant, aimes-tu Gautier? demanda Louis IX à Colette.

La jeune fille ne répondit pas, mais elle leva sur le roi, puis sur Gautier, un regard plus éloquent que toutes les paroles du monde.

— Qu'elle soit donc ta femme, reprit le roi en unissant les mains de Gautier et de Colette.

— Mais, Sire, dit Marcadet encore tout bouleversé de sa mésaventure, je ne puis donner de dot à cette enfant.

— Qui vous en demande? répondit Leblond; Gautier a

du travail pour longtemps, dans la chapelle que notre bon roi le charge de sculpter... Moi, j'ai un jardin qui m'appartient...Nous aurons de quoi vivre honnêtement et heureusement,

— Nimporte, dit le roi, il faut une dot à cette jeune fille. Et, se tournant vers Marcadet, il ajouta : — Je te reprends mon chou et te donne à la place les quinze cents livres que tu as refusées de ta Bible; mais à une condition, cependant; c'est que tu remettras la moitié de cette somme à ta fille en la mariant à mon protégé Gautier.

— Puisque vous le voulez, Sire, dit Marcadet en s'inclinant, je ne puis refuser.

Le lendemain, le mariage de Gautier et de Colette se célébra dans l'église des Cordeliers, qui était attenante au château. Louis IX assista à la cérémonie, et ne cessa, depuis ce jour, de donner à Leblond et à ses enfants des marques de l'intérêt qu'ils lui avaient inspiré.

VIII.

LA DESCENTE.

Pendant que je racontais mon histoire du treizième siècle, l'*Aigle* n'avait pas cessé de s'élever dans l'espace; Toutain, tout en m'écoutant, avait jeté du sable à plusieurs reprises. Aussi nous ne tardâmes pas à ressentir un froid piquant et une faim très-grande.

— Je mangerais volontiers un morceau, dit M de Champdieu en ramenant sur ses genoux les deux pans de son paletot.

— J'en mangerais bien deux, hasarda Briochet qui, bien que très-inquiet, ne perdait pas pour cela l'appétit.

— Que ne parliez-vous plus tôt, leur dit Toutain, j'ai ici de quoi vous satisfaire.

— Vous ne plaisantez pas?

— Du tout! Je crains beaucoup la fringale, aussi je ne m'embarque jamais sans biscuit.

En disant ces mots, il tira d'une poche de toile, attachée extérieurement à la nacelle, un pâté, deux bouteilles de bordeaux et un verre.

A la vue de ces objets, un éclair de bonheur illumina les traits de Briochet.

L'aéronaute ayant fait quatre parts du pâté, nous commençâmes une collation qui nous parut délicieuse.

Depuis un quart d'heure environ, soit que l'orage se fût entèrement appaisé, soit que le vent nous eût rapidement poussé dans une région plus tranquille, nous n'entendions plus, même au lointain, les sourds roulements de la foudre. Nous aurions donc pu redescendre sans danger; mais nous jouissions d'un spectacle d'une magnificence si sublime, que nous ne pouvions nous lasser de contempler ces milliers de nuages vermeils s'agitant sous nos yeux, comme d'énormes vagues lumineuses. Malheureusement le temps fuyait, et, Toutain, moins enthousiaste, jugea qu'il était temps de quitter les cieux pour la terre.

Où étions-nous? Dans quel endroit notre descente allait-elle s'opérer? Telle était la question que je m'adressais mentalement. Tandis que Toutain s'assurait de la solidité des cordes de manœvre et que M. de Champdieu tenait préparé un sac de sable, la tête penchée en dehors de la nacelle, je regardais si je ne verrais rien poindre dans le vide. Enfin la terre m'apparut comme une masse grisâtre qui, à mesure que l'aérostat descendait, se colorait de teintes diverses. Chose étrange, il me semblait que nous restions immobiles dans l'espace et que c'était la terre qui s'élevait vers nous. Bientôt le paysage se dessina d'une manière très-distincte; leshennissements d'un cheval arrivèrent jusqu'à mon oreille. Alors seulement, on jeta du lest et le ballon glissa horizontalement dans les airs.

— Quel est ce pays? dit Toutain.

— Si je ne me trompe, répondis-je, nous sommes aux environs d'Evreux.

En effet, en disant ces mots, j'aperçus cette ville dans l'éloignement.

— Pourrons-nous y descendre? demanda monsieur de Champdieu.

— C'est impossible!... Le vent nous pousse plus à gauche.

— Tant pis, m'écriai-je.

— Tant mieux, au contraire, répliqua Toûtain en ouvrant la soupape pour nous rapprocher encore de la terre; tant mieux, car j'aperçois, à une demi lieue sous le vent, un charmant château dont le parc nous offre pour la descente une verte pelouse.

— Ce château paraît inhabité, dit M. de Champdieu, je n'y découvre âme qui vive.

— Avons-nous besoin d'aide? demandai-je à Toutain.

— Non, me répondit-il, le temps est calme, nous pouvons nous laisser tomber sur la pelouse, sans même avoir besoin de jeter l'ancre.

— J'aperçois un indigène, s'écria vivement le vicomte ; regardez! il me fait l'effet d'un domestique... Ah ! il nous a aperçu sans doute, car le voici qui rentre précipitamment au château, comme pour y annoncer notre arrivée.

Nous étions alors presque au-dessus du parc. Toutain pesa lourdement sur la corde de la soupape et, le gaz s'évaporant en abondance, le ballon descendit avec rapidité.

— Videz un sac, dit-il à M. de Champdieu, lorsque nous fûmes arrivés à environ vingt mètres du sol.

Le vicomte obéit ; l'*Aigle* cessa de descendre.

A ce moment, un assez grand nombre de personnes sortirent tumultueusement du château et saisirent nos cordes de manœuvre en poussant des cris de joie.

Grâce à ce secours inattendu, notre nacelle toucha la terre sans secousse.

Dès que l'aérostat eut perdu, par la soupape et une large incision que Toutain venait de pratiquer à sa base, une assez grande quantité de gaz pour qu'il s'affaissât sur lui-même, nous sortîmes de la nacelle, que nous renversâmes ensuite sur le côté pour en tirer Briochet, dont les membres étaient tellement engourdis qu'il ne pouvait plus faire un mouvement. Nous l'étendîmes doucement sur le gazon; puis nous aidâmes l'aéronaute à plier l'*Aigle* et à le placer dans la nacelle.

Le propriétaire du château de *** et ses nombreux invités nous accueillirent avec une cordialité toute normande. C'était à qui nous adresserait d'aimables félicitations auxquelles on ne nous laissait pas le temps de répondre. En allant et venant au milieu de cette société charmante et très-élégamment vêtue, j'aperçus, à ma grande surprise, six jeunes gens et un plus grand nombre de jeunes filles dont la mise contrastait étrangement avec celle de toutes les autres personnes. Trois de ces jeunes gens, grimés en vieillards, avaient endossé des vêtements du temps de Louis XV ; deux autres étaient revêtus de vestes et de culottes blanches, comme des garçons pâtissiers; le dernier portait une brillante livrée. Quant aux jeunes filles, elles étaient charmantes avec leurs cheveux poudrés et leur robe façon Pompadour.

Il paraît que mon étonnement fut remarqué, car on m'apprit qu'il y avait spectacle au château, et que les jeunes gens dont la mise venait de me frapper étaient des acteurs-amateurs.

— Votre arrivée, ajouta le maître du lieu, nous a surpris au moment où l'on allait commencer la seconde et dernière pièce. Comme elle n'a qu'un acte, en attendant le souper auquel je vous prie de vouloir bien prendre part, j'espère que vous ne refuserez pas à nos jeunes artistes l'honneur de les entendre.

Nous nous inclinâmes en signe d'acquiescement, et Toutain, étant parvenu à remettre Briochet sur ses jambes, nous suivîmes la société dans une serre transformée, pour la circonstance, en une jolie salle de spectacle. Lorsque tout le monde se fut assis, les trois coups d'avertissement retentirent. Les conversations cessèrent aussitôt; alors les deux rideaux de perse qui servaient de toile au théâtre, s'ouvrirent lentement, et la pièce suivante commença, au grand contentement de toute l'assemblée.

IX.

UNE PROMENADE D'UN SOLITAIRE.

DISTRIBUTION DE LA PIÈCE :

UN VIEILLARD.	UN DOMESTIQUE.
LORD EDVEN.	MARTHE, nièce de Ledru.
LEDRU.	PÉLAGIE.
LOUIS, son fils.	MADELON.
RIGOLEAU.	APPRENTIES

Le théâtre représente le quinconce de la Muette, près Paris. Dans le fond, un chemin tournant qui conduit dans le bois de Boulogne. A droite, la maison de Lord Edven; à gauche, un massif, sous lequel se trouve un banc de gazon. Derrière le massif un chemin. Sur le devant de la scène, à droite, un banc de pierre au pied d'un arbre.

Scène Ire.

LOUIS, seul.

(Il est vêtu en marchand d'oublies, et porte derrière le dos une boîte ronde, surmontée d'un tourniquet.) Enfin !... me voici arrivé !... *(regardant autour de lui.)* Je

ne me trompe pas... C'est bien ici le quinconce de la Muette... Ce charmant endroit consacré aux plaisirs des pensionnaires parisiens... *(d'un ton romanesque.)* Et moi aussi, je suis venu m'ébattre à l'ombre de ces arbres!.. J'étais enfant, alors... J'aimais le saut de mouton et le jeu de barre... Aujourd'hui je ne suis plus le même !.. j'ai seize ans et je suis amoureux... de ma cousine Marthe... un ange!... une divinité!... *(tirant de sa poche un billet qu'il couvre de baisers avant de lire.)* « C'est aujourd'hui la fête de notre maîtresse qui doit nous conduire au quinconce de la Muette. Fais en sorte de t'y trouver; » moi je tâcherai de m'éloigner quelque temps de mes compagnes... et alors, nous braverons la défense de ton méchant » père. » *(Parlant.)* Oui, tu as raison, Marthe! C'est un méchant père, celui qui ne veut pas qu'un cousin voie sa cousine... Heureusement, le ciel est pour nous!... Tu as pu me jeter ce billet au moment où ta cerbère me fermait au nez la porte de sa demeure... et je me suis procuré un costume de marchand d'oublies qui me permettra de te voir et de te parler à la barbe de ta maîtresse!... *(En ce moment Rigoleau sort de la maison de lord Edven; il est vêtu, comme Louis, en marchand d'oublies.*

Scène II.

LOUIS, RIGOLEAU.

LOUIS, *apercevant Rigoleau.* Ciel!

RIGOLEAU, *de même.* Un confrère!... *(en l'examinant.)* la drôle de contenance... *(haut à Louis.)* Il n'y a pas longtemps que tu es dans le métier, l'ami?...

LOUIS, *embarrassé.* En effet, d'aujourd'hui seulement.

RIGOLEAU. Ça se voit... et qui t'a fait prendre ce négoce?

LOUIS. Un malheur... un accident... qui...

RIGOLEAU. Un malheur!...Tout comme moi... c'est aussi un accident qui m'a fait entrer dans les oublies... Avant ça j'vivais dans du coton, ou à peu près... Surtout pendant le temps que je passai au Breuilpont... un charmant village de la Normandie... *(en soupirant.)* Ah! sans le malheur, que j'aurais de bonheur à présent!...

LOUIS. Vraiment.

RIGOLEAU. Aussi vrai que je m'appelle Rigoleau. *(avec colère.)* Et dire que c'est à l'abandon d'un père barbare que je suis redevable de crier du matin au soir (*criant comme les marchands d'oubliés*) : Voilà l'plaisir, Mesdames!... Mesdames, voilà l'plaisir!... (*parlant.*) Il est propre, le plaisir... Un chien de métier, pour lequel je ne me sens pas le moindre goût! (*il ouvre sa boîte et en tire des oublies qu'il mange.*)

LOUIS. Ainsi ton commerce... notre commerce, veux-je dire; ne te convient pas?

RIGOLEAU. L'expression me paraît faible... loin de me convenir, je l'abhore!.. j'ai les oublies en exécration, en abomination!... (*il en mange de nouveau*).

LOUIS. Il n'y paraît pas.

RIGOLEAU. Parce que j'en mange? Mais c'est par vengeance... C'est pour ne plus les voir et les porter dans cette boîte que je voudrais manger aussi... et mon patron par dessus le marché... Figure-toi, l'ami, que ce vieux grigou grogne toujours... il n'est jamais content de moi... Il dit que je me repose... Comme s'il était possible de marcher et crier tout un jour sans dormir ou jouer un moment... (*avec joie.*) Aujourd'hui, par bonheur, je puis flâner à ma guise.

LOUIS. Que veux-tu dire?

RIGOLEAU. Tout à l'heure, un vieillard a été renversé par un chien danois qui courait devant le carosse du maître de cette maison. (*Il désigne la maison de lord Edven.*) J'ai aidé à y transporter le bonhomme... et l'anglais, le maître m'a donné un écu de six livres!

LOUIS. Un écu de six livres!

RIGOLEAU *le lui montrant.* Regarde!

LOUIS. Une pièce toute neuve.

RIGOLEAU. Comme tu dis... Aussi vive la joie! vive la gaîté!.. C'est pour moi un jour de fête!.. Je vas dormir jusqu'à la brune!...

LOUIS. Et moi, profiter de l'occasion pour me faire connaître à tes pratiques.

RIGOLEAU. C'est ça... Justement on ouvre la porte de l'anglais... tu peux commencer ta vente...

LOUIS. Oh! je ne suis pas pressé... je vais d'abord faire un tour dans le bois (*se dirigeant vers le fond*); au revoir.

RIGOLEAU. Bonne chance, l'ami... Moi je vais dormir.

(*Il disparaît derrière le massif.*)

Scène III.

LORD EDVEN et LEDRU, sortant de la maison.

LEDRU. Je vous dis que ce ne sera rien... Une demi heure de repos suffira pour remettre ce bonhomme.

EDVEN. Ho! tant mieux!... Moa il remerciait vous beaucoup fort, Docteur.

LEDRU. Remerciez plutôt la circonstance qui m'a amené ici ce matin.

EDVEN. Un circonstance... (*à part*) Moa ne comprenait pas cet mot... (*haut en regardant autour de lui, comme s'il cherchait quelqu'un*) Où était-il?...

LEDRU. Qui?

EDVEN. Le circonstance...

LEDRU. Mon fils.

EDVEN *à part*. C'était le nom du fils de lui... (*haut.*) Yès, yès.

LEDRU. Il doit être dans les environs...

EDVEN. Moa croyait lui en pension à Orléans.

LEDRU. Il y était en effet depuis un an... mais il est arrivé ce matin... un jour plus tôt que ses maîtres ne me l'avaient annoncé.

EDVEN. Et vous il avait embrassé lui avec...

LEDRU. Non pas!

EDVEN. Moa ne plus comprendre...

LEDRU. Un petit drôle qui s'avise de courir les champs, sous je ne sais quel déguisement de marchand d'oublies.

EDVEN. Un déguiousement!... mais cela m'intéressait beaucoup fort!... J'étais très-amateur de déguiousement.

LEDRU. Moi pas... et...

EDVEN. Mais pourquoi votre petite était-il déguiousé?

LEDRU. Par amour, Milord.

EDVEN. Diable! l'amour c'était encore beaucoup plus fort intéressant... J'étais grandissime amateur d'amour... Racontez-moi ce bel histoire....

LEDRU. Un roman... une cousine... La fille de feu ma sœur qui s'était mésalliée et que je n'ai jamais voulu revoir...

EDVEN. C'était très ro... ro... je ne trouvais pas l'expression... ro... ro... Ho! je le tiens... romanesque...

LEDRU. En effet... mais permettez...

EDVEN. Yès, yès... continuez...

LEDRU. Permettez que je laisse un moment de côté mon mauvais sujet de fils qui, par son escapade, va peut-être me faire manquer une occasion magnifique.

EDVEN. Quoi donc?

LEDRU. La vente des papiers d'un vieux jurisconsul dans lesquels se trouvent dit-on des lettres précieuses.

EDVEN. Toujours affamé de autographes, Docteur?

LEDRU. Toujours, Milord... Je vous ressemble en cela... Que voulez-vous, un autographe renferme tant de charmes puissants! d'attraits irrésistibles!... On parle de l'amour et du jeu; mais que sont ces passions devant celle du collectionneur?... J'aime ma patrie et mon roi tout autant que moi-même... et certes, s'il le fallait je leur donnerais...

EDVEN. Le sang de vous?

LEDRU. Non!.. En fait de sang je ne leur accorderais que celui de mes malades... mais je leur sacrifierais ma fortune, au besoin... quant à mes autographes... jamais!... D'après cela, Milord, jugez combien vous me rendriez heureux en me cédant ce fameux autographe que vous possédez, et qui, seul, manque à ma collection.

EDVEN. Je le refusais à vous encore.....

LEDRU. Mais vous me le céderez plus tard?

EDVEN. No! no!... ce écrit était le seul du main de Molière... et je le refusais à vous toujours, toujours!...

LEDRBU. Je saurai vous contraindre à me satisfaire.

EDVEN. Comment?

LEDRU. En metttant obstacle à vos désirs...

EDVEN. Je ne craignais rien...

LEDRU. Vous en êtes sûr?

EDVEN. Yès, yès!...

LEDRU. Vous pensez qu'il ne me sera jamais possible de marcher sur vos brisées... pas même de vous devancer dans l'achat d'un certain manuscrit intitulé : *Lettres d'un solitaire?*

EDVEN *à part*. Aôh! que dit-il?... (*haut*.) Moa pas du tout comprendre.

LEDRU. Allons donc!... Je suis bien informé, vous employez tout auprès de cet ours de Rousseau, pour obtenir ce manuscrit qu'il ne veut pas publier de son vivant... mais je suis là, moi... et nous verrons.

EDVEN. Je ne craignais pas du tout vous!...

LEDRU. Prenez garde!

EDVEN. C'était inutile.

LEDRU. Croyez-moi... Soyez raisonnable.

EDVEN. No! no!...

LEDRU. Alors, vous voulez la guerre?

EDVEN. J'envoyais vous au diable!...

LEDRU. Vous êtes un gros têtu!....

EDVEN. C'était possible... mais je garde mon autographe...

LEDRU. Gardez! mais nous verrons morbleu!

EDVEN. Yès, nous verrons, goddam!...

(*En ce moment Rigoleau crie dans la coulisse : Voilà l'plaisir, etc....*)

LEDRU *écoutant*. C'est sans doute mon vaurien de fils... ne perdons pas une minute. (*Il se dirige vers le fond, puis redescend la scène et dit à Edven*) : Je l'aurai... le manuscrit...

EDVEN. Bon! bon!

Scène IV.

LORD EDVEN, seul.

Il était parti!... Aôh! tant mieux! Je sentais dans tout le individu à moa beaucoup, beaucoup de bouillonnement... j'éprouvais bien fort le grattement, (*se reprenant*) non, non... le démangeaison de tordre le cou de cet docteur. (*en rêvant.*) Son dernière parole il me tourmentait grandement le esprit. !... Yès, yès... je désirais beaucoup fort les *Lettres d'un solitaire*... mais, je n'avais pu voir encore le grand! l'illustre! le sublime! Jean-Jacques... et cet docteur qui connaît mon désir... si... (*en cherchant à se rassurer.*) Allons... allons, il était trop avare pour me inquiéter plus longuement... je ne voulais plus penser à lui.

Scène V.

LORD EDVEN, un DOMESTIQUE, puis, LE VIEILLARD.

LE DOMESTIQUE. Milord, le vieillard est tout à fait remis, et il veut partir à l'instant...

EDVEN. C'était une imprudence.

(*Le vieillard paraît à la porte de la maison*)

LE DOMESTIQUE. Le voici, Milord.

EDVEN *à part, en regardant le vieillard.* Comme il avait la figure pâle... (*au vieillard.*) Quoi, vouloir déjà regagner votre demeure?... C'était trop tôt, bon vieillard... c'était trop tôt!...

LE VIEILLARD. Je me sens bien, Monsieur, je vous remercie des soins que vous avez bien voulu me donner...

EDVEN. Je n'insistais pas d'avantage; mais si jamais vous aviez besoin de mon protection, venez rappeler à lord Edven ce que je vous disais maintenant.

LE VIEILLARD *à part.* Lord Edven!... (*haut*) Je n'ai besoin d'aucune protection, Monsieur... (*à part.*) saurait-il qui je suis?... m'aurait-il reconnu?... non, non... J'ai tort de craindre... mais... (*haut en saluant lord Edven*) Adieu, Monsieur.

EDVEN. Adieu!... (*le vieillard se dirige vers le massif, et lord Edven vers sa demeure ; avant d'y entrer il se retourne et dit :*) Ce vieillard était étrange!...

Scène VI.

LE VIEILLARD, assis sous le massif et rêvant; PÉLAGIE, MARTHE, MADELON, apprenties.

(*Elles entrent par le fond.*)

CHŒUR :

Air :

Chantons, dansons, en ce moment,
Livrons notre âme à la folie !
Célébrons sainte Pélagie,
Célébrons-la joyeusement.

PÉLAGIE. C'est ça, mes belles petites biches ; chantez, dansez, courez... C'est aujourd'hui la Sainte-Pélagie, la fête de ma bien heureuse patrone, aussi je veux que vous nagiez toutes dans la joie... Livrez-vous donc aux amusements de votre sexe et de votre âge... mais surtout, Mesdemoiselles, de la décence, beaucoup de décence... Vous savez qu'à cet égard je suis très chatouilleuse...

LES JEUNES FILLES. Oui, Mademoiselle. (*elles vont jouer dans le fond.*)

MADELON. Ça sera bien amusant.

PÉLAGIE. Vous dites, Madelon?

MADELON. Moi? Je dis itou qui faut être décent.

MARTHE *à part.* Il n'est pas encore arrivé... Ah! qu'il me tarde de le voir. (*Marthe remonte la scène et regarde de tous côtés si elle aperçoit Louis ; Madelon et Pélagie restent seules à l'avant-scène.*)

PÉLAGIE. Itou!... Fi! la paysanne! parler ainsi... Quoi, depuis plus d'un an que vous êtes chez moi, Mlle Pélagie, première lingère de la capitale, vous n'avez pas encore perdu votre vilain accent normand?

MADELON. Tiens, eh! bien pourquoi donc que je le perdrais cet accent de mon pays... de ma riche Normandie.... de mon beau Breuilpont que je n'aurais jamais quitté, s'il ne l'eût pas quitté, lui...

PÉLAGIE. Qui ça?

MADELON. Rigoleau donc.

PÉLAGIE. Rigoleau! quelle est cette affreuse bête?

MADELON. Affreuse bête? qu'est-ce que vous dites donc, vous? Rigoleau n'est pas une affreuse bête, tant s'en faut!... C'est un petit gars de Paris qui vint demeurer au Breuilpont, il y a deux ans environ... La première fois qui m'vit il m'aima sans me l'dire... et moi, dès que je l'aperçus, je l'aimai de même... Ça n'empêcha pas de nous parler par la suite, et de nous dire, dans l'tuyau d'l'oreille, d'jolies petites choses qu'on n'a pas besoin d'aller à l'école pour apprendre... Ah! j'étais ben heureuse et Rigoleau aussi!... Par malheur son mauvais sujet de père quitta nuitamment le pays... Alors, mon pauvre Rigoleau, se voyant sans ressources, retourna à la capitale pour trouver à se placer... et moi, ne pouvant plus vivre sans lui, j'y vins aussi pour le retrouver... mais ce fut peine perdue.

PÉLAGIE. C'est alors que vous entrâtes à mon service, petite perverse!... être amoureuse à votre âge!...

MADELON. Dame! c'est pas de ma faute à moi... ça m'est venu tout naturellement, sans plus de façon que les cheveux sur la tête... Dans not' village l'amour pousse dans l'cœur comme les navets dans le sable... il n'a pas besoin qu'on l'arrose pour qu'il grandisse, allez?...

PÉLAGIE. Silence Madelon vous feriez rougir le Mont-Blanc... laissez-moi. (*Madelon remonte la scène*) Et vous, Mesdemoiselles, je vous le répète, de la décence... Ne faites rien qu'on ne puisse me rapporter sans honte... Car, vous le savez, je veux tout connaître... (*bas à Marthe, en lui prenant le bras, et en l'amenant à l'avant-scène.*) Aussi Marthe, je suis très mécontente de vous qui me cachez quelque chose...

MARTHE. Moi, Mademoiselle?

PÉLAGIE. Oui, vous, petite hypocrite; vous que je préfère à toutes vos compagnes... et qui me payez de retour en me cachant vos peines!...

MARTHE. Mais vous les connaissez, Mademoiselle.

PÉLAGIE. Oui, je sais que vous êtes orpheline et que le docteur Ledru, votre oncle, ne paraît pas bien disposé pour vous, puisqu'il n'a jamais voulu vous voir... Mais la cause de votre tristesse n'est pas là...

MARTHE. Quelle est-elle donc, car je l'ignore?...

PÉLAGIE. C'est l'amour.

MARTHE. L'amour!

PÉLAGIE. Oui, ma pauvre Marthe, l'amour... Oh! ne vous effrayez pas!... Si je prononce ce mot devant vous, c'est que je connais la pureté de votre cœur, la chasteté de votre âme... Ce n'est pas moi, Dieu merci, qui mettrais de mauvaises pensées dans le cœur d'une jeunesse... je sais trop ce qu'il en cuit pour cela!...

MARTHE. Quoi! vous auriez aimé, Mademoiselle?

PÉLAGIE. Jamais, mon enfant!... J'ai appris ces choses-là par des amies... Oui, c'est l'amour qui vous attriste... J'ai fait cette remarque pour la première fois il y a quelques jours, quand on vint me prier de la part de votre oncle, de ne pas permettre à votre cousin de vous parler...

MARTHE *à part.* Pauvre Louis!... (*haut*) et vous avez...

PÉLAGIE. Remarqué cela, oui!... et maintenant me cacherez-vous encore?

MARTHE. A quoi bon? puisque vous avez surpris mon secret... J'en conviens, Mademoiselle, je ne puis me faire à cette cruelle séparation!... Ne pas voir mon cousin, lorsqu'il revient à Paris après une année d'absence... Ah! cette pensée me fend le cœur.

PÉLAGIE. Pauvre petite... Allons, ne pleurez plus... Vous oublierez cela à la longue...

MARTHE. Oh jamais!...

PÉLAGIE. Si mon enfant... Croyez en mon expérience.

MARTHE. Vous avez donc aimé et oublié?

PÉLAGIE. Moi !.... y pensez-vous ?....

MARTHE. Alors, comment savez-vous?...

PELAGIE. Par d'autres... des amies.

MARTHE. Oh! celles-là n'ont jamais aimé..... Mais ne parlons plus de cela... laissez-moi rêver je vous prie. (*à part*). Il ne vient pas!

PÉLAGIE. Rêvez, Marthe, rêvez!... (*tirant un livre de sa poche.*) moi je vais faire une lecture pieuse (*à part, en feuilletant son livre*). Où en étais-je donc... Ha! au moment où, déguisé en jeune fille, le chevalier entre dans la chambre de la marquise. (*Marthe s'assied sur le banc à droite ; Pélagie se promène en lisant.*)

Scène VII.

LES MÊMES, LOUIS.

LOUIS *entrant par le fond.* Voilà l'plaisir, Mesdames ; Mesdames, voilà l'plaisir?

LES JEUNES FILLES. Un oublieur.

(*A ce moment le vieillard sort de sa rêverie et tourne les yeux du côté des jeunes filles.*)

LOUIS. Oui, Mesdemoiselles... un oublieur, et des oublies délicieuses... (*à part en cherchant Marthe des yeux*) Où est-elle donc? . . . (*l'apercevant*)Ah!... pauvre Marthe... (*aux jeunes filles*) Allons, Mesdemoiselles, qui m'étrenne?...

UNE JEUNE FILLE. Je n'ai plus d'argent, moi!

TOUTES. Ni moi, ni moi, ni moi.

PÉLAGIE. Ah! vous voici toutes penaudes... Vous avez épuisé vos petites ressources pour me faire un cadeau à l'occasion de ma fête, et maintenant vous êtes sans un sou?... Tant pis pour vous! Ça vous apprendra à garder une poire pour la soif...

UNE JEUNE FILLE. Quel malheur!... j'aime tant le plaisir !...

TOUTES. Et nous donc!

LE VIEILLARD *à part sous le massif.* Pauvres enfants !

MADELON. Moi, j'aime mieux les pommes... Oh! les pommes! (*en regardant dans la coulisse.*) Mais qu'est-ce que je vois là-haut?... Un nid de Corbeau.... (*à part en sortant.*) Je vas le dénicher vitement.... (*revenant sur le devant de la scène.*) J'suis sûre qu'il y a dedans des petits drus comme père et mère... (*elle sort.*)

LOUIS. Allons, mes demoiselles, cherchez bien dans vos poches!

TOUTES. Hélas! il n'y a rien!

LE VIEILLARD *quittant le massif et s'approchant de Pélagie*). Mademoiselle...

PÉLAGIE. Que me voulez-vous, Monsieur?... (*à part en regardant le vieillard.*) Est-ce que je lui donnerais dans l'œil?

LE VIEILLARD. Permettez-moi d'offrir quelques oublies à ces jeunes filles.

PÉLAGIE. Volontiers, Monsieur... (*à part*) je ne lui ai pas donné dans l'œil... il est si vieux!

LES JEUNES FILLES. Quel bonheur!... quel bonheur!...

LE VIEILARD *montrant le tourniquet*. Allons, qu'une de vous commence, les autres suivront...

(*Toutes les jeunes filles se groupent autour du tourniquet*).

CHŒUR.

Air :

Tourne, tourne sous nos yeux,
Tourniquet capricieux!

UNE JEUNE FILLE *qui a poussé l'aiguille.*

Tourne et que le ciel te guide,
Tourne au gré de mon désir!
Puisse ta ronde rapide
S'arrêter sur le plaisir!

CHŒUR.

Tourne, tourne sous nos yeux,
Tourniquet capricieux.

(*Les jeunes filles font tourner l'aiguille tour à tour.*)

LE VIEILLARD.

Heureux temps que le jeune âge!
Enfants, goûtez le bonheur!...
Riez sous ce vert feuillage...
Trop tôt viendra la douleur.

MARTHE *assise à l'avant-scène.*

Malheureuse destinée,
Quand je dérobe mes pleurs,
Mainte autre plus fortunée
En chantant cueille des fleurs.

CHŒUR.

Tourne, tourne sous nos yeux,
Tourniquet capricieux!

LE VIEILLARD.

Dans leurs regards que d'allégresse!
Au ciel leur cœur est transporté !...

LES JEUNES FILLES, *au vieillard.*

Merci, Monsieur, votre largesse
Nous a rendu la gaîté.

LE VIEILLARD, *tristement.*

Tout est fini!...

LOUIS *lui montrant Marthe.*

Non, sous ce hêtre...
Regardez!...

LE VIEILLARD.

La charmante enfant !...

LOUIS, *à part.*

Va-t-elle ainsi me reconnaître?

LE VIEILLARD, *allant prendre la main de Marthe.*

Venez, l'oublieur vous attend !

MARTHE, *avec étonnement.*

Moi?

LE VIEILLARD, *lui montrant Louis.*

Voyez!...

MARTHE, *reconnaissant Louis.*

Ciel!... Louis...

LOUIS, *à demi-voix.*

Silence !

MARTHE, *avec joie.*

Je te revois!...

LOUIS, *de même.*

De la prudence!...
On nous observe en ce moment...

LE VIEILLARD, *à part.*

Qu'ai-je entendu ? quel changement!...
Dans leurs regards que d'allégresse!
Leur cœur au ciel est transporté!...

LES JEUNES FILLES.

Merci, Monsieur, votre largesse
Nous a rendu la gaîté!...

UNE JEUNE FILLE, *en regardant dans la coulisse.* Ah! Mademoiselle! Mademoiselle!... Madelon qui est tout au haut d'un arbre!...

PÉLAGIE, *regardant.* Grand Dieu! la malheureuse! elle va se blesser!... se tuer peut-être... Suivez-moi! suivez-moi... (*Elle sort en courant; les jeunes filles la suivent; le vieillard Louis et Marthe restent seuls.*)

Scène VIII.

LE VIEILLARD, LOUIS et MARTHE.

LE VIEILLARD, *avec étonnement.* Marthe! Louis!... Vous vous connaissez donc?

MARTHE *à part.* Ciel.

LOUIS *à part.* Je vais tout lui dire... il paraît si bon... (*haut*) Oui, Monsieur, nous nous connaissons... Marthe est ma cousine... mon père ne veut pas que je la voie... et j'ai pris ces habits pour parvenir à lui parler.....

LE VIEILLARD. Savez-vous, mon enfant, combien cette démarche vous rend coupable envers votre père?....

LOUIS, *troublé.* Monsieur...

MARTHE. Oui, Louis, c'est bien mal de désobéir à son père... (*au vieillard*) mais Monsieur...

LE VIEILLARD. Parlez, mon enfant...

MARTHE. Si vous saviez comme il souffre!... comme nous souffrons tous deux de ne plus nous voir... Une séparation d'une année c'est bien long, allez!...

LOUIS, *regardant Marthe.* Comme tu es embellie, ma bonne Marthe!...

MARTHE. Et toi, Louis, comme te voilà grand!... Tu es un homme, à présent!...

LOUIS. Je crois bien!

MARTHE. Que je suis heureuse de te revoir!...

LOUIS. Et moi donc!... mais que je t'embrasse!... (*au vieillard*) Vous me le permettez, Monsieur, c'est ma cousine. (*Il embrasse Marthe.*)

MARTHE. Ah!... (*elle se frotte la joue*).

LOUIS. Qu'as-tu donc?... Oh! c'est ma barbe qui t'a piquée... Je me ferai raser plus souvent.

MARTHE. Pourquoi? C'est si gentil de la barbe...

LE VIEILLARD, *à part*. Pauvres enfants!... (*haut*) Vous vous aimez donc bien?

MARTHE. Oh! oui, Monsieur... et depuis notre enfance. C'est bien naturel.... nous étions toujours ensemble.... nous nous voyions tous les jours.... La mère de Louis, ma bonne tante ne nous séparait pas, elle... mais....

LE VIEILLARD. Achevez...

LOUIS. Malheureusement, ma pauvre mère est morte depuis trois années..... et comme Marthe est orpheline et sans fortune, mon père veut nous séparer!....

LE VIEILLARD. Votre père est donc riche, lui?

LOUIS. Oui monsieur..... et...

LE VIEILLARD. et...

LOUIS. Très-avare....

LE VIEILLARD. Votre père est bien pauvre alors, mon enfant; la richesse n'est pas dans ce que l'on possède... elle est toute dans le bien qu'on peut faire à son semblable...

MARTHE, *à part*. Le bon vieillard...

LE VIEILLARD. Dites-moi, mon enfant, comment se nomme-t-il votre père?...

LOUIS. Le docteur Ledru.

LE VIEILLARD. Le docteur Ledru!... En effet, j'ai oui parler de son avarice, et, comme son ami lord Edven, de sa passion pour les autographes... Tout ce que vous venez de dire m'inspire beaucoup d'intérêt pour vous, mes enfants... Je voudrais pouvoir contribuer à votre bonheur... mais je ne sais comment m'y prendre... Je ne possède que ma bonne volonté, et c'est bien peu de chose.... (*à part en rêvant*) Ah! pourtant, lord Edven! Si je lui rappelais son offre... si... mais non!.... que pourrait-il faire? Une seule chose, peut-être, pourrait l'intéresser en faveur de ces enfants... (*avec crainte*) Mais alors, il faudrait me faire connaître... et n'aurais-je pas à m'en repentir?... (*après un moment de silence*) Allons, allons, pauvre vieillard, ne discute pas avec ton cœur... laisse-toi mener où il veut te conduire!.... Quand tu aurais à en souffrir... eh! mon Dieu! que doit t'importer une douleur de plus ou de moins!... (*en s'adressant aux jeunes gens*) Espérez, mes amis, le bonheur n'est point encore perdu pour vous...

MARTHE. Que voulez-vous dire.

LE VIEILLARD, *montrant la maison de lord Edven.* Vous allez me suivre tous deux dans cette maison.

LOUIS. Que va-t-il faire.

LE VIEILLARD, *écoutant.* Quelqu'un vient, je crois?...

LOUIS, *allant regarder au fond, puis, redescendant précipitamment la scène.* C'est mon père!

MARTHE, *avec effroi.* Mon oncle!

LE VIEILLARD. Il va chez lord Edven sans doute... ce n'est pas le moment pour nous d'y entrer... Mais comme il ne faut pas qu'il vous voie, retirons-nous... nous reviendrons lorsqu'il en sera temps...

LOUIS. Pourvu que sa visite ne soit pas longue.

(*Ils sortent par le chemin qui se trouve derrière le massif; Ledru entre par le fond, le chapeau à la main et en s'essuyant le front avec son mouchoir.*)

Scène IX.

LEDRU, *seul.*

Ouf... Voici une heure, au moins, que je cours inutilement après monsieur mon fils... Je suis tout en sueur... Le pendard! mettre son père en un pareil état!... il est vrai qu'il ne s'en doute guère... Il ne s'attend certes pas à être surpris par moi... Que les enfants sont présompteux!... Voici le mien qui sort à peine du collége et qui croit déjà pouvoir me fermer les yeux en plein midi!... C'est fabuleux! c'est d'une audace des plus invraisemblables!... Un garçon de seize ans qui ne serait pas capable de faire une différence entre un autographe d'Homère, s'il y en avait, et une quittance d'apothicaire;... qui, dans son ignorance, préférerait, j'en suis convaincu, un simple sou à la plus belle médaille antique... Ah! c'est à n'y pas croire... et je me demande si je ne rêve pas! Mais cette vente à laquelle je voulais assister... Elle est commencée depuis longtemps, finie, peut-être?... Allons, je joue de malheur aujourd'hui!... Ce stupide anglais ne veût pas consentir à ma demande... Il ne veut rien entendre ce blondin ventru, cet esprit plus épais que les brouillards de sa patrie... Et pourtant après ce qui s'est passé entre nous, il faut que je le revoie... C'est un excellent client... il a régulièrement deux ou trois indigestions par semaine... et aujourd'hui les bons clients sont si rares... (*En ce moment Rigoleau crie dans la coulisse.*) Qu'entends-je? serait-ce mon fils... Il vient de ce côté... attention. (*Il va se blottir derrière un arbre au fond de la scène.*)

Scène X.

RIGOLEAU, LEDRU.

RIGOLEAU, *entrant sans voir Ledru.* Voilà l'plaisir Mesd... (*s'arrêtant subitement*) Tiens que je suis bête! j'allais crier, tout comme si j'avais quelque chose à vendre...

LEDRU, *à part au fond du théâtre.* Je ne me trompe pas... ce polisson est bien mon fils... Voilà bien le signalement que ma gouvernante m'a donné... Gilet blanc, casquette blanche... tablier...

RIGOLEAU, *assis sur le devant du théâtre.* Aujourd'hui tout le plaisir pour moi! Les autres s'en passeront... En voilà-t-il du bonheur à la fois! Flaner, dormir à mon gré... puis, au moment où je m'y attendais le moins, retrouver celle que j'aime, et qui m'aime que c'en est... effrayant!... Je n'ai pu encore lui parler qu'à la dérobée, à cause de sa maîtresse, une grande farceuse, qui était à quelques pas de là... Comment l'appelle-t-elle donc, sa maîtresse?... Ah! Mademoiselle Pélagie, c'est ça...

LEDRU, *à part,* Mademoiselle Pélagie!

RIGOLEAU. Mais elle m'a promis de s'échapper et de me rejoindre ici...

LEDRU, *à part.* Le drôle a déjà vu sa cousine...

RIGOLEAU. Et dire qu'en me voyant, certaines personnes se figureraient que je vends des oublies... (*ouvrant sa boîte pour y prendre des oublies qu'il mange*) Je connais à Paris un vilain monsieur qui ne se doute pas de ce que je fais en ce moment...

LEDRU, *à part.* Un vilain monsieur! C'est moi qu'il appelle ainsi... Le malheureux!..

RIGOLEAU. Quelle bonne chose que le plaisir... quand on le mange... Si mon vieux ladre était là, pourtant... Je suis sûr qu'en voyant le plaisir que j'éprouve à croquer ce plaisir, il en crèverait de déplaisir!...

LEDRU, *à part.* Il a dit vieux ladre!... Je ne puis me contenir plus longtemps!... (*se jetant sur Rigoleau et lui donnant des coups de canne*) Ah! vaurien, je vais t'en donner, du plaisir!... (*Il le frappe.*)

RIGOLEAU, *criant.* Oh! là, là!... au secours!... au secours! (*Il se sauve, Ledru le poursuit.*)

Scène XI.

LEDRU, MADELON.

MADELON, *accourant, elle tient dans ses mains un gros nid de corbeau.* Qui appelle?... Voilà! voilà!... (*apercevant Rigoleau*) C'est toi qu'on bat! Attends, que je pose mon nid... je casserais les œufs... (*Elle pose son nid sur le banc à l'avant-scène, puis revient précipitamment derrière Ledru qui se retourne; Rigoleau s'enfuit.*)

LEDRU. Quelle est cette furie ?

MADELON. Furie vous-même, entendez-vous, vieux malhonnête! Ah! vous battez mon amoureux, vous!

LEDRU, *stupéfait.* Son amoureux!... cette effrontée serait ma nièce?...

MADELON. Qu'est-ce qu'il dit donc?

LEDRU. Ainsi, malheureuse, si j'ai bien entendu, celui qui vient de s'enfuir est ton amoureux?

MADELON. Oui!... vieux curieux!... Est-ce que ça vous regarde, ça?

LEDRU. J'en ai peur!

MADELON. De quoi vous mêlez-vous? Pourquoi fourrez-vous vot' nez dans ce que nous faisons?...

LEDRU. Nièce indigne!...oses-tu bien parler ainsi à ton oncle Ledru!...

MADELON. Vous ne me faites pas l'effet de l'être, dru... Vous êtes toqué, mon brave homme! (*à part*) Il est toqué, c'est sûr, il est toqué!...

LEDRU, *suffoquant.* Toqué!... Comment c'est ma nièce... qui... que... quoi... Ah!...

MADELON. Bah! qu'est-ce que vous nous baragouinez là?

LEDRU, *à part.* Elle veut me donner le change!... (*haut*) Tu ne me connais pas, coureuse!

MADELON. Quand j'vous aurai vu encore une fois, ça fera deux, mon vieux.

LEDRU, *à part.* Au fait, c'est vrai ce qu'elle dit... (*haut*) Eh! bien je suis ton oncle, drôlesse!

MADELON. Vous! laissez donc! je n'en ons qu'un d'oncle... et il n'est pas si laid que vous...

LEDRU. C'est par trop fort!...et je vais te prouver...(*il agite sa canne.*)

MADELON, *s'esquivant.* A moi?

LEDRU. Oui, à toi, fille perdue!...

MADELON. S'il y a quelque chose de perdu ici, c'est vot' tête!

LEDRU, *furieux.* L'insolente!... (*Il se précipite sur Madelon et fait tomber son chapeau en gesticulant avec sa canne.*)

MADELON, *se sauvant.* Au revoir, mon oncle!... bien des choses pour moi à ma tante!... (*Elle sort en riant aux éclats.*)

LEDRU. La colère me suffoque!... Au secours! arrêtez!... arrêtez!...

(*Edven sort de sa maison, Ledru qui ne le reconnaît pas lui donne des coups de canne.*)

Scène XII.

LEDRU, LORD EDVEN.

EDVEN, *à Ledru.* Qu'avez-vous, docteur? (*Ledru ne répond pas et parcourt le théâtre dans tous les sens. Edven, le suivant.*) Mais que vous était-il arrivé, Docteur?

LEDRU, *s'arrêtant.* Rien! rien!... mais l'étonnement, la stupéfaction! la colère! la rage! le désespoir!... (*en marchant de nouveau et avec emportement*) Oh! je veux les tuer...

EDVEN. Les tuer!.. (*à part*) Le malheureux, sa tête il déménageait!...

LEDRU, *allant s'asseoir sur le banc.* Mes jambes chancellent... j'ai froid... je n'y vois plus... mon chapeau... (*Il tâte autour de lui, prend le nid de corbeau oublié par Madelon et s'en coiffe.*

EDVEN. Que faisiez-vous, docteur? Que faisiez-vous? (*Il lui enlève le nid de dessus la tête, Ledru a sa perruque toute jaune.*) Une omelette... (*riant*) Ah! ah! ah!... Une omelette à la perruque c'était délicieux.

LEDRU, *s'essuyant vivement la tête et allant ramasser son chapeau.* Ah! Milord!

EDVEN. Docteur!

LEDRU. Mon fils! ma nièce!...

EDVEN. Eh bien?

LEDRU. Ce sont eux qui m'ont mis en cet état.

EDVEN. Je vous demandais un peu de lumière...

LEDRU. Hein?... en plein jour...

EDVEN. Non, je voulais dire des éclaircissements sur le fils et le nièce de vous...

LEDRU. Ils m'ont outragé! bafoué! menacé!...

EDVEN, *avec doute en regardant Ledru.* Vous était-il bien sûr?... votre tête était-il dans son état habituel?...

LEDRU. Vous aussi, Milord!... Mais tout le monde me croit donc fou, aujourd'hui? (*criant*) Puisque je vous dis qu'ils me quittent à l'instant!...

EDVEN. C'était peut-être un allucination de l'esprit de vous.

LEDRU. Non, non... je le voudrais... Ah! Milord, je suis bien malheureux!...

EDVEN. Je prenais une grande portion de votre peine!

LEDRU. Ah!

EDVEN. Si je pouvais consoler vous?

LEDRU, *à part.* Que dit-il! (*haut*) Ah ! une seule chose aurait le pouvoir de me consoler, Milord.

EDVEN. Quelle est-elle Docteur?

LEDRU. Ne le devinez-vous pas?

EDVEN. Je n'étais pas fort sur le dévination.

LEDRU. Votre autographe de Molière.

EDVEN. Vous serez toujours malheureux, Docteur.

LEDRU. Puisque vous repoussez tout arrangement, tant pis pour vous!... A vous la signature de Molière, mais à moi les *Lettres d'un Solitaire.*

EDVEN. Bien!

LEDRU. Je les aurai... à quelque prix que ce soit.

EDVEN. Très-bien!

LEDRU. Rira bien, qui rira le dernier....

Scène XIII.

LES MÊMES, MARTHE, puis LE VIEILLARD ET LOUIS.

MARTHE, *à part.* Mon Dieu secourez-moi! puisque ce bon vieillard me dit que mon bonheur dépend en ce moment presque de moi-même. (*Elle s'avance timidement vers lord Edven et Ledru qui continuent à se quereller.*)

EDVEN, *à Ledru.* Yès, yès, rira beaucoup bien qui rira la dernier.

LEDRU. Ce ne sera pas vous !

MARTHE, *à Edven.* Monsieur...

EDVEN, *sans faire attention à Marthe.* Vous il en était bien certaine ?

MARTHE, *à Ledru.* Monsieur...

LEDRU, *contrefaisant Edven et sans regarder Marthe.* Yès, yès, moi il en était bien certaine!

EDVEN, *à part.* Cet docteur contrefaisait moi!

MARTHE, *à Edven.* Monsieur, je vous en prie!... (*à part*) Ils ne m'écoutent pas.

EDVEN. Docteur, vous il venait de m'insolenter!

MARTHE, *à Ledru.* De grâce, Monsieur...

LEDRU, *contrefaisant encore Edven.* Je ne comprenais rien à votre parlement...

EDVEN, *le menaçant.* Goddam!...

MARTHE, *se mettant entr'eux.* Je vous en supplie, Messieurs, veuillez m'écouter un instant.

LEDRU, *regardant Marthe.* Qui êtes-vous?

EDVEN, *de même.* Que demandez-vous?

MARTHE. Je suis... une pauvre fille... et je demande lord Edven à qui je voudrais parler...

EDVEN. Lord Edven, c'était moi...

LEDRU. Je me retire...

MARTHE. Oh! monsieur, je puis parler devant vous... (*à part*) Comme je tremble!

EDVEN. Vous il venait sans doute me demander?... *(il tire sa bourse.)*

MARTHE. Non Monsieur... je viens vous offrir, au contraire.

LEDRU, (*à part*) Ça devient intéressant.

EDVEN. Eh! bien qu'avez-vous à offrir à moi?...

MARTHE, *montrant le cahier.* Ce cahier.

EDVEN Cette petite cahier...

MARTHE. Oui Monsieur... l'on m'a assuré que vous me l'achéteriez...

LEDRU. Vraiment?

EDVEN. C'était inutile... je n'en voulais pas... (*à Ledru*) C'était le griffonnage d'un vieillard monomane...

LEDRU. Le chef-d'œuvre d'un grand homme inconnu...

EDVEN. Yès, yès... *(à Marthe)* Adressez-vous à l'épicier, il vous achètera cet manuscrit à la livre... de cet manière il contiendra plus de sel... (*riant*) Ah! ah! c'était excellent le calembourg..

LEDRU. Et d'épices...

EDVEN. Yès, yès, j'avais oublié cet mot!... (*riant plus fort*) Ah! ah!...

MARTHE. O Messieurs!

EDVEN. C'était assez!... laissez-nous petite...

MARTHE, *suppliant Edven et Ledru*. Messieurs...

EDVEN. Encore!

LEDRU. Vous perdez vos peines...

MARTHE. Daignez, jeter les yeux sur ce cahier... Voyez comme l'écriture en est belle... le titre surtout... Tenez... (*lisant*) *Lettres d'un Solitaire*...

LEDRU et EDVEN. Hein?... (*ils se précipitent tous deux sur le cahier*).

MARTHE, *à part*. Qu'ont-ils donc?

LEDRU et EDVEN. (*Ils sont placés de chaque côté de Marthe, qui tient le cahier ouvert*) Lettres d'un Solitaire. (*Ils se reculent de quelques pas, puis se regardent en silence*).

LEDRU, *à part*. A nous deux, Milord!...

EDVEN, *à part*. Et cet docteur qui a lu...

MARTHE, *à part*. Comme ils se regardent...

EDVEN, *s'avançant*. Que voulez-vous de cet cahier, petite?...

MARTHE, *à part*. Il le désire, maintenant.

EDVEN. Parlez.

MARTHE. Rien, je vais le porter chez l'épicier...

EDVEN. Mais...

MARTHE. Pour qu'il me l'achette à la livre...

EDVEN. Je consens à vous l'acheter, moi...

MARTHE. C'est une plaisanterie qui manque de sel...

LEDRU, *s'avançant*. Moi je vous offre...

MARTHE. Des épices?... Gardez-les; vous n'en avez pas de trop pour vous.

LEDRU. Parlons sérieusement... Vous...

EDVEN, *l'interrompant*. Ça ne regardait que moi... (*à Marthe*.) Je vous donnais cinq cents livres de cet cahier...

MARTHE. Vous n'êtes pas généreux, Milord... (*à Ledru*) et vous?...

LEDRU. Moi, six cents!

EDVEN, *à Marthe*. Comment c'était...

MARTHE. Au plus offrant... Allez, Milord...

EDVEN. Sept cents livres... (*à Ledru*) Je craignais que vous n'ayez pas le haleine assez long pour me suivre...

LEDRU. Soyez tranquille!... (*à Marthe*) Huit cents!

EDVEN, *vivement*. Neuf cents! dix cents!...

MARTHE. Vous voulez dire mille livres?

EDVEN. Yès, yès...

LEDRU. Onze cents livres.

EDVEN. Douze.

LEDRU. Treize.

EDVEN. Quatorze.

LEDRU. Quinze.

EDVEN. Ça n'allait pas assez vite... Deux mille livres.

LEDRU, *à part*. Deux mille livres!... le sauvage, faire de pareils sauts. (*haut*) Deux mille cent livres.

MARTHE, *à part*. Tout va bien, du courage!...

EDVEN. Trois mille livres...

LEDRU, *à part*. Oh le prodigue!...

MARTHE. A trois mille livres...

EDVEN. Laissez au docteur le temps de souffler, il était un petit peu poussif...

LEDRU, *à part*. Il raille, ce John Bull... il raille!

MARTHE. A trois mille livres!

LEDRU. Quatre mille livres... (*en se fottant les mains*) Ah!

EDVEN. Cinq mille...

LEDRU, *à part*. Que je meurs si je cède! (*haut*) Six mille!

EDVEN. Sept mille.

LEDRU. Huit mille.

EDVEN. Neuf mille.

DEDRU. Dix mille.

EDVEN. Quinze mille...

LEDRU, *étourdi*. Comment! vous avez dit?...

MARTHE. Milord a dit quinze mille livres.

LEDRU, *avec colère*. Eh! j'ai parbleu bien entendu...

MARTHE. Alors.

LEDRU. C'est bon! (*à part*) Il abuse de sa force, ce mangeur de roast-beef.

MARTHE. A quinze mille livres.

LEDRU. *à part*. Oh! je tiendrai bien jusqu'au bout! (*haut*) seize mille.

EDVEN. Vingt mille.

LEDRU. *à part*. L'infâme!

MARTHE, *à part*. Mais c'est une fortune!... (*haut*) à vingt mille livres.

LEDRU. Vingt et un mille. (*à part*) Le bourreau!

EDVEN. Vingt-cinq mille...

LEDRU, *à part avec indignation.* C'est atroce! c'est horrible! Il m'assassine, le brigand!...

MARTHE. A vingt-cinq mille livres, Monsieur le docteur.

LEDRU, *furieux.* Quoi?

MARTHE. A vingt-cinq mille livres...

LEDRU, *furieux.* Que le diable vous emporte tous deux à vingt-cinq mille lieues...

MARTHE. C'est bien vu... bien entendu... Une fois... deux fois... trois fois... A vingt-cinq mille livres... adj...,

LEDRU. Non! non!

MARTHE. Parlez donc vite.

LEDRU. Je ne veux pas parler...laissez-moi tranquille!

MARTHE. Alors, adjugé à lord Edven!...

EDVEN, *se frottant les mains.* J'avais gagné le bataille...

LEDRU. Oh! je prendrai ma revanche!

EDVEN, *prenant le cahier des mains de Marthe.* J'allais vous donner les vingt-cinq mille livres. (*le montrant à Ledru.* C'était bien les *Lettres d'un Solitaires*, n'est-ce pas? (*feuilletant jusqu'à la dernière page*) Regardez! regardez! Examinez le signature...

LEDRU, *avec joie.* Il n'y en a pas.

EDVEN. Comment! comment!... ça n'était pas signé!... que voulait dire ceci?..

LEDRU, *riant.* Qu'on vous a joué! qu'on s'est moqué de vous! Ah! ah.. à mon tour. Milord... ah! ah!

EDVEN. C'était affreux! (*il jette le cahier*)

MARTHE, *le ramassant.* Mais, Monsieur...

EDVEN. Je n'en voulais plus!... Je n'en voulais plus... Je n'achetais que ce qui portait un signature.

LE VIEILLARD, *entrant.* Qu'à cela ne tienne, Milord.

EDVEN. Le vieillard étrange!

LEDRU. Le bonhomme de ce matin.

LE VIEILLARD, *prenant le cahier des mains de Marthe.* Donnez, mon enfant. (*Il écrit au crayon à la dernière page, puis le rend à Edven.*

EDVEN, *lisant.* Ciel!.. Jean-Jacques Rousseau!

LEDRU. Jean-Jacques Rousseau!

ROUSSEAU. Oui, Jean-Jacques qui, trop pauvre pour doter cette jeune fille, vient de la faire doter par lord Edven... et qui maintenant la présente à son oncle, en le priant de lui servir de père, et de la marier...

LOUIS, *entrant*. Avec moi, mon père!...

LEDRU, *étourdi*. Mon fils ici... et cette jeune fille est ma nièce... ah! ça... et les autres...

LOUIS. Que voulez-vous dire?

Scène dernière.

LES MÊMES, RIGOLEAU, MADELON, PÉLAGIE, APPRENTIES.

LEDRU, *apercevant Rigoleau et Madelon*. Je m'étais trompé... (*à part*) J'aime mieux ça...

EDVEN. Je gardais le petite cahier.

LEDRU, *à Rousseau*. Et moi j'exauce la prière que vous avez daigné me faire... Marthe sera la femme de mon fils...

MARTHE. Mon bon oncle!

LOUIS. Mon bon père!

MARTHE, *à Rousseau*. Oh! Monsieur, que je vous dois de reconnaissance!

ROUSSEAU. Vous ne me devez rien, mon enfant!... Je suis déjà payé par le contentement que j'éprouve à vous voir heureuse.

LEDRU, *à Pélagie*. Mademoiselle, ma nièce vous quitte, elle habitera chez moi désormais... (*à Rousseau*). J'espère, Monsieur, que nous finirons la journée ensemble et que vous assisterez à notre dîner, qui sera pour mes enfants un repas de fiançailles...

ROUSSEAU. Vous avez si bien accueilli la prière du pauvre vieillard, qu'il aurait mauvaise grâce à repousser la vôtre...

EDVEN. Moi j'allais chercher les vingt-cinq mille livres, et j'étais si glorieux d'avoir parlé à l'illustre Jean-Jacques, que je voulais rapporter en même temps au docteur, la précieuse autographe de Molière... (*il rentre chez lui*).

LEDRU. O Milord!

ROUSSEAU. Ce sera votre récompense.

RIGOLEAU. Tout le monde est content ici, Madelon... Il n'y a que nous qui restons dans l'oubli... sans calembourg...

LOUIS. Une fois marié, je te prends à mon service et Marthe prendra Madelon au sien.

RIGOLEAU. C'est convenu. (*à Madelon*) Et nous nous marirons aussi, nous.

MADELON. Ça y est... Tope là...(*Ils se frappent dans la main*)

MARTHE, *au public.*

D'un oncle avare et sévère
Je viens de toucher le cœur;
Mais il me faudrait vous plaire,
Pour compléter mon bonheur!

LOUIS.

Oui, vos bravos, de nos âmes
Combleraient le plus grand désir!
Car vous entendre applaudir...
Voilà l'plaisir, Mesdames!..

MARTHE

Messieurs, voilà l'paisir!...

X.

LE RETOUR.

Les acteurs amateurs durent être satisfaits, les applaudissements ne leur manquèrent pas. Les rideaux n'étaient point encore complètement fermés qu'on les rappelait à grands cris absolument comme à Paris, lorsque le public vient d'entendre des artistes qu'il aime. Ils reparurent tous et furent salués de nouveaux bravos. A ce moment, une pluie de petites brochures tomba sur les spectateurs : c'étaient des exemplaires autographiés de la pièce qui venait d'être représentée. Lorsque le tumulte causé par cet incident se fut un peu calmé, on entendit les tintements précipités d'une cloche.

— Voici le signal du dîner, s'écria le maître du château; à table! à table!

Il offrit son bras à une des dames, et chaque homme ayant fait comme lui, on sortit de la salle.

En arrivant dans le jardin, j'aperçus avec étonnement, sur la pelouse où nous étions descendus, des tables magnifiquement servies, et qu'on y avait dressées, comme par enchantement, pendant la durée du spectacle.

Le dîner fut splendide, et le maître du château se montra pour nous d'une amabilité charmante. Briochet oublia en mangeant, et sa femme et les terreurs de son voyage. Il y avait bal champêtre après dîner; mais comme nous avions tous besoin d'être de retour à Paris le lendemain matin, malgré les vives instances de notre hôte, nous montâmes dans un char-à-bancs qu'il voulut bien mettre à notre disposition, et qui nous conduisit à Pacy, où nous fîmes prix avec un loueur de voiture pour notre transport à la station de Bonnières.

Le lendemain, avant le jour, nous étions de retour à Paris.

Deux jours après, au moment où j'allais sortir pour faire une visite à Toutain, on me remit une lettre dont l'écriture m'était inconnue. Je l'ouvris. C'était Briochet qui me faisait ses adieux. Le ciel n'avait pas exaucé le souhait du pauvre homme. En rentrant chez lui, il avait trouvé, l'attendant chez le concierge, sa femme et maître Flageollet, son beau frère. Cependant comme tous deux lui avaient donné l'assurance qu'à la suite des événements du 2 décembre, la garde nationale de Montbrison avait été dissoute, le bon Briochet s'était laissé attendrir par les pleurs repentants de son épouse; et, après avoir obtenu d'elle et de maître Flageollet la promesse qu'il ne serait plus fait de tentatives d'aucune sorte sur son ventre, il avait consenti à reprendre son emploi, toujours vacant dans la capitale du Forez.

FIN.

Louviers. — Imprimerie de Mlle BOUSSARD et Frère.

www.ingramcontent.com/pod-product-compliance
Ingram Content Group UK Ltd.
Pitfield, Milton Keynes, MK11 3LW, UK
UKHW022136190726
13855UKWH00003B/1178

9 782013 039130